华夏文库

经典解读系列

红尘有爱

——三言二拍漫谈

吕玉华 著

大地传媒 | 海燕出版社

U0825576

“华夏文库”发凡

毫无疑问，每一个时代都有属于自己时代的精神追求、文化叩问与出版理想。我们不禁要问，在21世纪初叶，在全球文明交融的今天，在信息文明的发轫初期，作为一个中国出版人，我们正在或者将要追求什么？我们能够成就或奉献什么？我们以何种方式参与全球化时代的文化传播进程？在一连串的追问下，于是，有了这套“华夏文库”的出版。

自信才能交融。世界各大文明在坚守自身文化个性的同时，不约而同地加快了探视其他文化精神内涵的步伐，世界不同文明正在朝着了解、交流、碰撞、借鉴与融合的方向前进。在此背景下，建立自身的文化自信，正是与世界各文明民族进行文化交流的基本要求。五千年中华文明与文化正在不断地被其他文明所发现、所挖掘、所认知，汉语言正在生长为世界语言，儒文化正在世界各地生根发芽。借助这样一种正在成长着的文化自信、自觉、开放、亲和之力，用我们这个时代的学术眼光全面系统梳理中华五千年的文明与文化，向其他各大文明与文化圈正面展示自我，让中华优秀文化成为世界文化的重要组成部分，正是我们出版这套文库的目的之一。此其一。

知己才能知彼。身处五千年文化浸润的今天，重新思考我们先人的人生思考、价值思考与哲学思考，找到一个民族、一个国家的价值所在、立命所在、安身所在，这已经是我们这个时代的学人与出版人不得不再思考的问题。作为中华文明的一分子，我们在思考的同时，还必须了解我们的先人创造了如何优秀的精神文明与物质文明以及社会文明。只有熟知自己的文化，热爱自己的文化，悟明自己的文化，我们才能宣说自己、弘扬自己、光大自己。因此，我们策划组织这套“华夏文库”的初衷，还在于让当下的知识青年全面系统瞭望中华文明与文化的全景，并借此能够对更为深广的世界各民族文化提供一个比较认知的基础。此其二。

顺势才能有为。我们正处在农耕文明、工业文明、信息文明的交会处，信息文明带领我们从读纸时代进入读屏时代，以智能手机屏幕为代表的书籍呈现方式正在与纸质书籍争夺阅读时间与空间。我们正在领悟数字技术，正在以信息文明的视角，去整理、分析和研究农耕文明与工业文明的文化遗产，不仅仅是为了唤醒优秀的传统文化，我们还在生发和原创着当今时代的文化。由此，我们试图架起一座桥梁——由纸质呈现而数字呈现，由数字呈现而纸质呈现，以多媒介的书籍呈现方式，将文字、图像、声音与视频四者结合，共同筑成“华夏文库”，以奉献给信息文明时代的新读者。此其三。

总之，这是一套——专家大家名家写小书；以最小的阅读单元，原创撰写中华精神文化、物质文化与社会文明系列主题与专题；以图文、音视频多媒介呈现的方式，全面介绍与传播中华文明与优秀文化，系统普及与推介中华文明与文化知识；主旨是为了让世界与中国共同了解中国的——大型丛书，借此，复兴文化，唤起精神，融入世界。

耿相新

2013年6月27日

前 言

随便问一个普通的中国人，谁不知道白蛇和许仙呢？要是遇见喜欢听戏，肯定张口就能唱：“苏三离了洪洞县……”这些美丽的故事，已经以各种方式，深深地渗入了我们的世俗生活，人人耳熟能详。那么，很久很久以前，是谁讲了这些故事呢？让我们隆重介绍一下“三言二拍”吧。

“三言二拍”是产生于明代后期的通俗小说集。其中，“三言”是冯梦龙编撰的《喻世明言》《警世通言》《醒世恒言》；“二拍”是凌濛初编撰的《初刻拍案惊奇》《二刻拍案惊奇》。

冯梦龙（1574—1646），出身于书香门第，生长在富裕繁华的苏州。他早年流连于青楼酒馆，优游于市井生活，非常了解市民的文学口味，编选了一系列通俗文艺作品，如历史演义《新列国志》，民歌集《挂枝儿》《山歌》和笑话集《笑府》等。他选取一些宋元时代的话本（说话伎艺的文字脚本）以及文言文记载的奇情故事，对它们进行改写、加工，甚至重新创作，使之成为符合当时读者阅读趣味的白话小说，先后结集印行，这就是“三言”。与原作相比，冯梦龙的改编作品的文学价值和教化意义均有大幅提升，影响更加深远。

凌濛初（1580—1644），乌程（今湖州）人氏，出身于刻书名家。他的著述也相当丰富。冯梦龙的“三言”风行一时，凌濛初受此影响，也创作了一系列通俗小说，结集成为“二拍”。不过，与“三言”相比，“二拍”的文学成就相对逊色，书中的人物有概念化、脸谱化的缺点，缺乏合理的性格演变，故事的主旨也多有说教意味。

“三言二拍”的时代，商品经济进一步发展，城市繁荣，市民阶层也随之扩大。与新兴的商品经济和市民意识相呼应，社会上涌现出诸多新思潮，在贞节观念、金钱观念等许多方面，打破了传统伦理纲常的束缚。这几部小说集，可谓应时而生，塑造了形形色色的市井人物，讲述了多姿多彩的故事，涉及各个方面的人生体验，宛如一幅幅立体的风俗画。

古人读小说读至妙处，要评点出来，让人看到作者的用心，号召其他读者一同欣赏。于是，金圣叹之于《水浒传》，张竹坡之于《金瓶梅》，都给予我们无数惊喜，同样的文字，有了评点，犹如复调阅读，会增加很多乐趣。读者们一边捧卷阅读，一边对评点文字频频颔首：原来如此，竟然如此！而丝毫不觉得评点者多事。

本书的漫谈，虽然没有评点言简意赅的特点，却试图发挥像评点一样的“导游”作用。通过对文章的细读，分析人物至情至性的特点，欣赏作者的文心巧构。所选出的二十二篇故事，都围绕着“情”字做文章。

什么是情，什么是爱？

在这碌碌红尘当中，痴男怨女，风月情种，上演着多少悲喜剧。这是最基本的人性，也是人类社会繁衍生息的基础。数百年前的情与爱，照样赚取今人的眼泪和同情。

据说活在世上的人都是不完整的，总是要寻找自己的另一半，找到了，合为一体，人生才得以完整。这是对男女结合的最有想象力的说法。明代汤显祖所著的《牡丹亭》中说道："情不知所起，一往而深。生者可以死，死可以生。生而不可与死，死而不可复生者，皆非情之至也。"人之生存利害，莫过于生死。情爱居然能够超越生死，这的确是每个凡俗的人，能够在自身找到的最不凡俗的品质。

在"三言二拍"中，我们看到了一个个美丽而勇敢的女子：宁为玉碎的刚烈杜十娘，出淤泥而不染的玉堂春，生死相追随的璩秀秀，为了心上人连死两次的周胜仙，决不放弃所爱之人的白娘子……她们为了自己的真情，大胆追求，自由表达，反抗一切威权，付出了巨大的代价也无怨无悔，这一曲曲悲歌，震撼着今人的心灵。与书中的男主人公相比，这些女性更加光彩夺目，也更加令人痛惜。

解读这些人物，让人为之浩叹，诸看官若能因而珍惜自己眼前的幸福，那么，本部漫谈也就有些价值了。

目 录

吊丝的逆袭——卖油郎独占花魁………3
赌不过的命运——杜十娘怒沉百宝箱………13
生生死死不了情——闹樊楼多情周胜仙………21
死了都要爱——崔待诏生死冤家………26
妖又何辜——白娘子永镇雷峰塔………33
坚贞的苏三——玉堂春落难逢夫………39
衣不如新，人不如故——蒋兴哥重会珍珠衫………45
拼爹的婚姻——金玉奴棒打薄情郎………51
御夫有术——赵春儿重旺曹家庄………55
黍离之悲——杨思温燕山逢故人………63
追爱的行为艺术——唐解元一笑姻缘………67
宋代的果儿们——众名姬春风吊柳七………73
人生得一知己足矣——俞伯牙摔琴谢知音………79
兄弟胜手足——羊角哀舍命全交………85
信用的价值——范巨卿鸡黍死生交………89
手谈姻缘——小道人一着饶天下　女棋童两局注终身………93
喜剧版梁祝——同窗友认假作真　女秀才移花接木………97

侠女复仇记——李公佐巧解梦中言　谢小娥智擒船上盗………103
书画续前缘——顾阿秀喜舍檀那物　崔俊臣巧会芙蓉屏………107
好事多磨——莽儿郎惊散新莺燕　㑳梅香认合玉蟾蜍………113
苦情偶像剧——李将军错认舅　刘氏女诡从夫………119
爱上狐狸精——赠芝麻识破假形　撷草药巧谐真偶………123

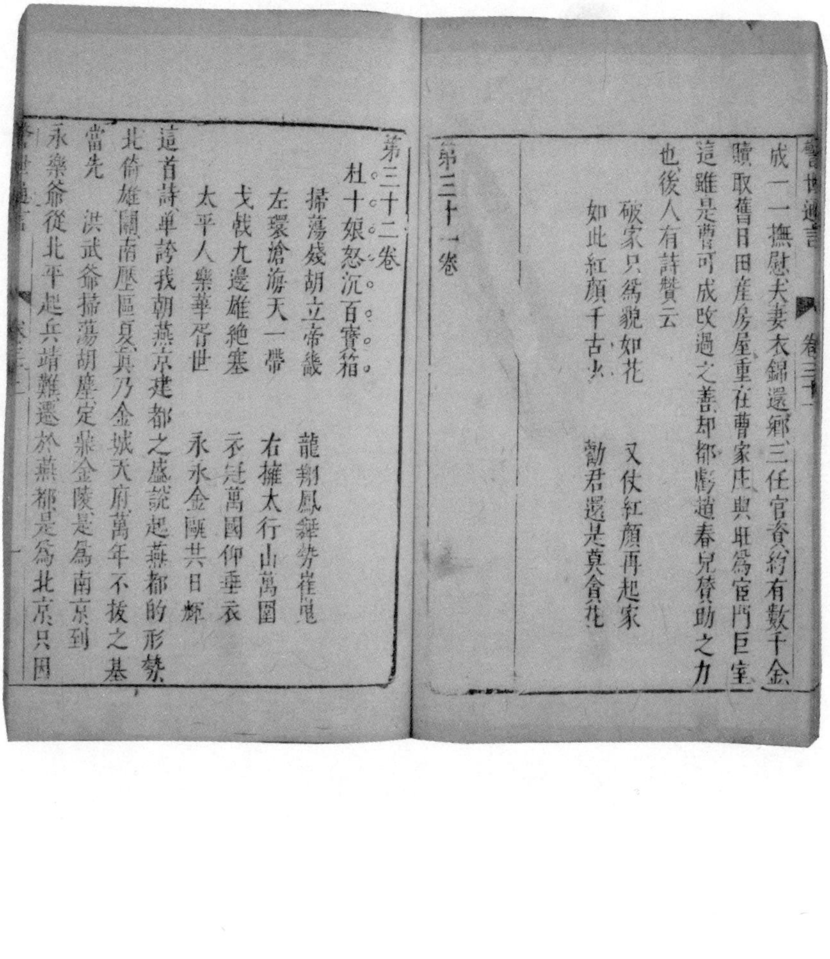
警世通言　卷三十一

成一一撫慰夫妻衣錦還鄉三任官資約有數千金
贖取舊日田產房屋重在曹家庄興旺爲宦門巨室
這雖是曹可成改過之善却都虧趙春兒贊助之力
也後人有詩贊云
破家只爲貌如花　又仗紅顏再起家
如此紅顏千古少　勸君還是莫貪花

第三十一卷

第三十二卷
杜十娘怒沉百寶箱
掃蕩殘胡立帝畿　龍翔鳳舞勢崔嵬
左環滄海天一帶　右擁太行山萬圍
戈戟九邊雄絕塞　衣冠萬國仰垂衣
太平人樂華胥世　永永金甌共日輝
這首詩單誇我朝燕京建都之盛說起燕都的形勢
北倚雄關南壓區夏眞乃金城天府萬年不拔之基
當先　洪武爺掃蕩胡塵定鼎金陵是爲南京到
永樂爺從北平起兵靖難遷於燕都是爲北京只因

警世通言　卷三十二　一

《警世通言》书影（据明天启金陵兼善堂刊本）

吊丝的逆袭

—— 卖油郎独占花魁

《卖油郎独占花魁》这篇名翻译成当今白话，就是“吊丝逆袭，征服女神”。这是何等辉煌而艰难的目标，究竟逆袭的过程如何？实在令人迫不及待要学习一下攻略。

古往今来的泡妞高论，论精辟无过于“潘驴邓小闲”，该观点由《水浒传》中著名的马泊六（拉皮条的）王婆提出，《金瓶梅》对这部分情节又进行了精彩演绎。所谓“潘驴邓小闲”，也就是潘安的相貌、驴大的那活儿、邓通的钱财、善于做小伏低、有闲工夫。五样俱全的男人，在采花阵里那真是所向披靡，甭管你是仙女还是夜叉，统统都能拿下。

可是，世间广大吊丝没钱没貌没靠山，天天给人打工还忙得要死，五样里面能拿出手的恐怕只有一样——“小”——啥都没有，自然也就没脾气了。野百合也有春天，普通男也爱女神，美人如花隔云端，只能永远做白日梦吗？别怕，攻略来了，请看卖油郎的成功经验。

《卖油郎独占花魁》入话部分的主旨其实是“潘驴邓小闲”的精简版，也可以说是最实用版，由五字经，变为两字经——“帮衬”。什么叫帮衬呢？就像鞋子有帮，衣服有衬，可以让鞋子、衣服更舒服更美观。人会帮衬了，就是善于温言软语、低声下气、嘘寒问暖，让别人心里舒坦。这帮衬不仅男女关系适用，而且人际关系当中也缺它不可。想想我们的日常生活当中，谁没有一两个这样的朋友？他不帅不美，无权无势，你缺钱了，他也没办法借给你。但是，我们喜欢跟这样的朋友来往，就是因为他们善解人意，虽不能解决你的问题，却能够永远倾听你的烦恼，不会抢你的风头，且会永远为你的荣耀鼓掌。

对于女人来说，会帮衬的人就是知情识趣的人，分担你的烦恼，关心你的需要，一举一动中呵护温存。即便坐在他的破自行车上，你也会笑。入话部分特意举李亚仙、郑元和的例子为佐证。这个故事脱胎于唐人传奇《李娃传》。李亚仙为何对郑元和念念不忘，他沦落成乞丐了，还要助他咸鱼翻身？“这岂是爱他之钱、恋他之貌？只为郑元和识趣知情，善于帮衬，所以亚仙心中舍他不得。”

好，我们的奋斗目标已经明确——征服女神，具体如何实施呢？且看主人公登场。

北宋都城汴梁，南宋都城临安。靖康之难，北宋倾覆，汴梁人士纷纷逃难至江南。我们的男女主角都是这样的汴梁人，太平时代他们的人生可能永远不会相关，乱离时期两人的命运却奇异地交织在了一起。

故事首先出场的就是女主人公，好让读者诸君看清楚，何等样儿的花魁娘子能够激励人拼搏奋斗。美娘是出身清白的好女子，本名莘瑶琴。她被人拐骗卖入青楼之后，仍然自尊自重，即使被逼接客，也一直存有从良之意。她不仅花容月貌，百伶百俐，琴棋书画样样精通，还会吟诗作赋。这样才貌双全，身价自然不菲，每晚必十两银子以上；她眼界高，气质不好的、俗气的、地位不高的、没有名望的，一律不接。有意思的是，她越是自重矜持，身价越高。

再来看男主角秦重，从小随父漂泊异乡，被送给卖油的人家做养子，还受到家仆欺凌，以至于被养父赶出门，仅仅有三两本钱，天天挑着卖油担子在街上转悠，挣个几分几厘。

这样的人与花魁娘子相比，那就是癞蛤蟆与白天鹅之间的距离。不过呢，人生何处不相逢，缘来就是你。老实人兼童男子秦重初遇美娘，就一见钟情。

这一天，卖油郎卖完了油，正走过一户人家，恰好一女子在门口送客。"秦重定睛观之，此女容颜娇丽，体态轻盈，目所未睹，准准的呆了半晌，身子都酥麻了。"惊艳之后的种种举止，真是既可怜又可爱。

初见一面后，他在人家门口徘徊着不走，幸运的是居然又看到美娘出门，"又得亲炙一番，心中愈加疑惑，挑了油担子，怏怏的去"。他平常从不喝酒，今天却进了酒馆，"又欢喜，又气闷"；打听清楚美娘也是汴梁人，又触动了乡里之念。同时，他也清楚了美娘的身价，一夜十两银子——秦重做买卖的全部本钱也只有三两。

整整一天，就这样七上八下，颠来倒去，完全是初次动情的少男，不知所措。他思来想去，最后确定了一个伟大的人生目标：攒钱！按照买卖状况以及自己的实际花销情况，一天攒一分银子，三年就够十两了，若是一天攒二分甚至再多些，一年多就行了。

第一阶段攻略总结：即使目标再遥远，也有实现的可能，制订切实可行的计划，不能被目标吓倒，更不能被自己打倒。

秦重确定了目标之后，规划出最好的路线，既不耽误买卖，还能经常见到花魁娘子。"有一日会见，也有一日不会见。不见时费了一场思想，便见时也只添了一层思想。"一来二去，和老鸨王九妈家的人全部混熟了。按部就班地过了一年有余，他居然整整攒了十六两银子，不仅目标达成，还有相当的盈余。这一年里，美娘就是他的营养，激励着他，也鼓舞着他，只不过女主角对此一无所知罢了。

终于进入第二阶段了，且看他如何准备。整个过程有条不紊，没有欣喜若狂，没有抓耳挠腮，而是稳重地、有条不紊地进行。他先去店铺里把碎银子换成足十两的大银锭和二两左右的小银锭，又用散碎银子购置了新头巾、新鞋袜，然后把衣服浆洗得干干净净，买几根安息香，熏了又熏。这就对了，不是有钱就能完事，还得怀着一颗尊重的心。

他终于可以去见美娘了，具体会见的过程，堪比三顾茅庐之曲折。

先是秦重和王九妈的戏份儿，起伏顿挫，非常好看。

秦重第一次以嫖客身份登门，颇有"愧心"，丫头们看这天天来卖油的成了客人，都忍不住笑。等到他说出"单单要与花魁娘子相处一宵"，王九妈立刻变脸，觉得这卖油的说大话。接下来的过程，犹如游戏当中打怪，且看秦重如何解决这一重重怪物难题，达成目标。

第一关是高昂的嫖资，这个我们心里有底，有钱能使鬼推磨。果不其然，十两银锭和二两小锭一拿出，九妈就同意了。

第二关是美娘眼界高，只接王孙公子富室豪家，区区市井卖油郎，就算有钱，她也看不到眼里。这如何是好？

已经被钱收买的九妈帮着出主意，这几天先不要上门卖油，打扮方面再上一个档次，布衣换绸衫，至少不能让丫鬟们再嘲笑。秦重听话，"到典铺里买了一件见成半新半旧的绸衣"，之所以不买新的，是因为兜里已经没钱了。买了绸衣后，还要穿上闲走，演习斯文模样，令人忍俊不禁。这件当铺里买来的半新半旧的绸衣，在以后的情节当中，发挥了重要的道具功能。

三天没卖油，第四天，他就去了王九妈家。美娘正当红，天天有人请见，又是赏梅又是作诗又是陪宴，连在家的工夫都没有。秦重表态了，就是一万年也愿意等。至此，算是一个顿挫，拿出所有的积蓄，白跑了两趟，连卧房门都没进去，更甭说见面了。

然后，他每天做完生意，傍晚时分就打扮齐整，到王九妈家来探信，天天如此，风雨无阻，又白跑了一个多月。这一个多月里，他是不是每次打扮都穿上那件绸衫呢？

“那一日是十二月十五，大雪方霁，西风过后，积雪成冰，好不寒冷”，天气再恶劣，也挡不住秦重的痴心和坚持。

就是这一天，王九妈终于说可以进房间里等了，美娘很快回来。

第二阶段攻略总结：坚持就是胜利，不能半途而废，还要多多熟识周围人，他们会提供帮助。秦重的老实厚道，赢得了王九妈的好感。她才会热心参谋、安排时机。

秦重终于进入了美娘的房间。客厅的摆设显示出女主人不俗的品位。博山古铜炉烧着龙涎香，书桌摆设古玩，壁上挂着名人山水，贴着许多诗稿。分明是个清雅公子的书房，不是烟花女子的庸脂俗粉。见到这番摆设，秦重的感想是“十两一夜，也不为多”。此时，他由爱慕美娘之色，又增加了爱慕其品格，还加上乡亲之念。

文章写到此处，好奇的读者和王九妈一起都陪着秦重等待，用酒用饭，沐浴熏香。从黄昏等到半夜，才等来一个醉醺醺的王美娘。

虽然醉了，美娘也无意接待，出言不逊。秦重都假装听不见，这就是能忍耐、好脾气的“小”字功夫。

此处对美娘的小性儿写得非常生动，本来就醉了，还自管自又吃了十来杯酒，“也不卸头，也不解带，脱了绣鞋，和衣上床，倒身而卧”。她分明把秦重当成了空气，连旁观的王九妈都过意不去了。

秦重苦苦攒钱一年多，又风雨无阻等候见面一月多，等来的却是这个场面。不同的人肯定有不同的反应。脾气不好的，早就暴跳如雷了。秦重呢，原本也等得郁闷，美人一旦出现，他立刻满腔柔情蜜意，什么不快都丢开了：轻轻盖锦被，和衣而卧，挨在美娘身边，左手抱一壶热茶，右手搭在美娘身上，眼睛都不敢闭……这一连串动作，全都是体贴。

美娘睡到半夜，酒劲发作。秦重坐起，放下茶壶，抚摩其背。美娘突然呕吐，秦重怕污了被窝，居然用自己的袍袖接住，对，就是那件来来回回装门面的唯一的绸衫！然后，他把脏衣服脱下，给美娘倒茶；美娘睡后，他收好了脏衣服，依然躺下，一只手依然搭在美娘身上，仅此而已。

天亮之后，两人的对话颇有意思。美娘的心理感受是递进的。秦重不可惜衣服，又体贴备至，美娘“心里已有四五分欢喜了”。她认出了秦卖油，听他细细述说初次钟情、积攒钱财，以及亲近一夜就心满意足的过程。美娘已经认定这是个千百人中难遇的一人。

秦重花费了十二两银子，仅换得服侍美人一次。美娘同样知情重义，怜惜他辛苦，反倒还给他二十两。此时再看这两人的关系，限制他们进一步发展的是美娘对男方社会身份的在乎，至于人品、情感方面，毫无隔阂。

社会身份的提升，可不是一时半会儿就能做到的。从此，两人互不相干，又是一年多。

如果一直没有什么改变，故事还怎么发展啊？所以，接下来的情节，就放在了秦重的社会身份改换上。

养父识破奸仆阴谋，又劝回秦重，重新为父子。秦重不记恨过往，为养父养老送终，事事周到，然后继承了养父的油铺，生意日渐隆盛，还招了一对汴梁逃难来的老夫妻做帮手。如今的秦重，已然成为有身价的小老板，只因把花魁娘子放在心里，等闲女子就看不入眼，不肯娶妻。

他已经有钱了，为何不再去美娘那里，当一回正式的嫖客呢？秦重对美娘的钟情和喜爱，有对美貌的欲望，而经过一宵相处以及美娘的慷慨回赠，对于这个性情女子，他更欣赏其品格。有钱了却不肯再去，其实是不希望他们的关系成为妓女与嫖客的关系。他要的是一份不寻常的感情。

秦重的发展是一条上升路线。美娘这边，却是一条起伏线。她在风月场所，见惯了虚情假意，“半夜三更，没人疼热，就想起秦小官人的好处来，只恨无缘再会”。这条交代非常重要，说明尽管一年多没有任何联系，但是两人没有互相忘记，而是一直彼此惦念。

接着出场的吴八公子，作为故事的男二号，写法上，处处与秦重对照。一是贵公子，一是卖油郎。同样倾慕名妓，秦重等待隐忍，吴八却仗势欺人。美娘对于两人，一开始都是看不入眼，不耐烦。秦重的做法是耐心爱惜，使美人心动；吴八却上门强抢，欺凌侮辱。

此处对美娘的性格刻画又进一层，她虽然在烟花行当，卖身卖艺，却是个血性女子，对于接待什么客人永远有底线。吴八越嚣张，她越不肯屈服，吴家奴仆强行把她绑架到船上，且看她一系列反抗行为：“掩面大哭”；“哭之不已”；“抱住了栏杆，哪里肯去？只是嚎哭”；“双脚乱跳，哭声愈高”；“蓬着头，跑到船头上，就要投水”……吴八拿她没办法，只能使出下作的招数，把她的簪珥拔掉、鞋子和裹脚布全部剥除，再把这个蓬头垢面、赤裸小脚的女人丢弃在湖边。女人裹小脚是当时的变态时尚，脚越小越美，颇有一些爱小脚成癖的人。美娘有“花魁”的美名，她的脚只怕是最最小号的，又赤裸着，当然不能走路。

下面就进入了第三阶段：英雄救美，彻底赢得美人心。

美娘在最落魄最无助的时候，秦重正好路过，怎么那么巧呢？无巧不成书啊，这戏做得足够了，老天也奖赏有情人。

秦重一如既往地细心体贴，把白绫汗巾扯开，奉给美娘裹脚，又亲手给她擦泪。此处的文法非常细腻，秦重亲手给她擦泪，亲手为她绾起青丝，好言宽解。很明显，裹脚这种私密的事由美娘亲自来，由此可见，他完全没有把美娘当成风尘女子来狎玩，而是给予她充分的尊重。

经过这番挫辱，美娘对于究竟谁才是真正的好归宿，彻底清楚了。她直接说明："我要嫁你。"不仅说明，还要施加压力："你若不允之时，我就将三尺白罗，死于君前。"其实，美娘对于秦重的品行已经有十足的把握，这样说并不是威逼对方，而是表明自己的决心。

在秦重应允之后，她才说自己有足够的赎身之资。这个细节颇见美娘的心机。如果提前说，会不辨对方的心意真假，也有拿钱换婚姻的嫌疑。只有得到秦重不计较一切的表态之后，她才放心，随后把寄放在别人家的多只箱笼取出，秘密送到秦重家收藏。有胆有识，美娘真是脂粉堆里的英雄。

进入第四阶段，就是如何成功从良，跳出烟花窟，真正举案齐眉。以前的阶段都是秦重在主导，以后的阶段就是美娘在主导了。

文中已经尽情展现了秦重的痴心和专一，读者也像美娘一样，对于秦重没有任何顾虑了。然后，就轮到美娘尽情展示才干了。这一大段文章煞是好看，可谓层层做局，一波推一波。

曾经巧言劝说美娘接客的刘四妈又出场了。整篇文章脉络清晰，情节完整，人物穿插既有序又灵活，刘四妈就是一个关键的线索人物。

美娘拿十两金子说动了刘四妈，求她去劝说王九妈同意自己从良，但是，并没有透露具体如何赎身以及赎身之资的事。

刘四妈是书中第一能说会道之人，当初就是她劝说得美娘同意接客，也是她给美娘出了以后从良的主张，所以美娘来求她，她倒是不好推脱，何况又得了十两金子的好处费。于是，刘四妈说动了王九妈，但是，并没有透露这从良正是美娘自己的意思，而是站在老鸨的立场上，说明美娘从良对王九妈最有好处。故王九妈与之一拍即合，反倒求着刘四妈去劝说美娘赶紧从良。

有情人终成眷属，秦重择吉日鼓乐娶亲。成婚满月之后，美娘才打开原来的箱笼，竟然都是平时积攒起来的金银珠宝，再次令人感叹，这个有胆有识的女子，绝对值得秦重三年来的爱慕和追求。

秦重，这个名字正像《红楼梦》里的秦钟，是“情种”的谐音。他对美娘的情，是整个故事的根基。美娘对于他，是女神一般的存在，仅仅亲近了一下香泽，甚至都不是香泽，而是醉酒失态，他就心满意足。如此描写，也让人想起《红楼梦》里的贾宝玉，乐意服侍女孩子们。第四十四回，宝玉拿胭脂膏给平儿理妆那段，尤其传神。只不过，宝玉的好，是对所有姐姐妹妹的用心和体贴。而在秦重眼里心里，只有一个美娘，甚至为之不娶。

美娘如果只有美貌，也不值得这份爱。文中对美娘的塑造，非常立体饱满。作为清白人家的好女儿，被骗卖入娼门，从始至终，她都在谨慎地考虑后路，深谋远虑，认真选择。她的内心深处，从没有自轻自贱，而是始终自尊自爱，主意拿定，就当机立断，有勇有谋。秦重和美娘结合之后，他们家的大事，估计是美娘说了算，秦重也乐意当个妻管严。

主线故事的人物性格立得住，逻辑展开非常合理，至于其他的枝节，如秦重招聘的老夫妻正是美娘失散的爹娘，以及秦重上山烧香，与亲生父亲相认等情节，只是锦上添花，满足读者大团圆的心理。

于是，我们的市井小厮、卖油的吊丝逆袭成功，女神在怀，超越梦想。

《醒世恒言·卖油郎独占花魁》之一（据明崇祯原刊本《占花魁》插图）

赌不过的命运

——杜十娘怒沉百宝箱

这个奇情故事，大家已经耳熟能详：名妓杜十娘为官宦子弟李甲动了真情，故赎身从良，一心追随李甲。不料李甲一方面惧怕父亲责骂，一方面听信谗言，又把十娘卖与孙富。伤心绝望的杜十娘，抱着装满奇珍异宝的百宝箱愤怒投江。

故事背景是明代的北京城。性格鲜明、爱憎分明的杜十娘，是全篇的魅力焦点。杜十娘和王美娘一样，都是风月场里的花魁，门庭若市，红极一时，而且，也久有从良之意。美娘是无意中遇到了秦重，杜十娘却是早就属意于李甲。

这李甲乃浙江绍兴的官宦公子，原本进京求功名，却迷上了十娘美色，整天住在妓院。他“俊俏庞儿，温存性儿，又是撒漫的手儿，帮衬的勤儿”，“潘驴邓小闲”全齐了，堪称最理想的情人。妓院就是销金窟，渐渐地，李甲的钱全花光了。老鸨当然不会养白吃饭的，天天要赶他走，指桑骂槐。与此同时，杜十娘却日渐情热，为了李甲，不惜与老鸨翻脸，还机智地讨价还价，约定十日内李甲只要拿出三百两银子，就可替十娘赎身。

整个过程，都是十娘在推动，没看到李甲有什么主动之处。她看中了李甲，李甲钱财花光，她不变心；为了不再让老鸨责骂，她又向李甲提出要他替自己赎身，乐意从良；李甲筹措不到三百两赎身银，躲着不见面时，她派人到处寻找，并主动拿出一百五十两银子，承担了一半赎身费。银钱交割完毕，被老鸨赶出院门，她秃髻旧衫，毫无怨言，又主动承担两人回乡的所有路费。

在她看来，阻碍两人美好未来的只有李甲的严父。碍于身份与尊严，李甲的父亲绝对不容娼妓进门。对此，她也有万全之策，要以多年苦心孤诣积攒的财宝打动李父，让他相信自己的至诚。她对于财物太有信心了，财物能打动李父，也必然能收买李甲。所以，聪明如她，对李甲留了一手，始终隐瞒了百宝箱的实情。这是一场赌博，也是一场考验，她要看看李甲对于自己这个"人"——剥除财产、身处下贱的女人，到底有多少真情实意。

在那个时代，所谓女人的善终，就是出嫁，相夫教子，安分到老。堕入烟花窟，就是跳进了火坑，终身不得出，或死于其间或熬成老鸨，从良的终归是少数。而且从良的妓女没有资格做妻，只能当个小妾。

杜十娘聪明、美丽、富有，但是，她是一个女人，一个青楼出身的名声不好的女人，若想安宁度日，她必须仰赖男人赐给她一个名分。她想用全部的财宝，获得李甲父亲的认可，做李甲的一个小妾，从而安稳度日。从她所拥有的财富来看，哪怕李甲以后变心，不再喜欢她，她也无需多担心，完全可以自己买宅院置婢仆。从物质方面来说，她什么都不需要。她所需要的只是一个微不足道的"妾"的名分，否则，她在社会上无任何立足之地，遑论安宁的生活。女人不能独撑门户、独立生活，这是时代的局限，对女人的欺压。不是女人没有能力，而是社会礼教、社会观念不允许。

我们这些读者，跟岸上看热闹的人一样，都可惜那一箱子的奇珍异宝，可惜这样一个如花似玉的美人。那好，我们都当守财奴，姑且不让她把财宝丢进水里，替她设想一下其他的结局。

前面的情节不再赘述，就从她同意李甲的意见，答应嫁给孙富开始。此时，李甲已经不可靠了，肯定要离开他；孙富小人一个，肯定也不能跟从。怎么办？

她可不可以在众人面前暴露财富，让李甲后悔，再当众斥责李甲、孙富，然后一走了之？一个随身携带大量财宝的美女，还裹着小脚，人生地不熟的，谁来保护她呢？只怕周围人还不如李甲可靠。她没法一走了之。

那么，当众亮出财宝，并斥责之后，李甲已然悔悟，把孙富的千金退还，再跟从李甲南下回乡，这个大团圆的结局如何？这其实是最不可能的结局！

因为，杜十娘的心已经死了。这个赌局，她输惨了。

倚门卖笑这些年，她对于什么人什么德行早就一清二楚。孙富，不过是众多的嫖客当中的一个。今日跟了孙富，何不当年随便跟什么张富、王富？数年间她阅人无数，千挑万选，唯有一个李甲还能入眼。千筹万措，仍然没想到如此节外生枝。从良做一个小妾，甚至于做妾以后的生活全部依靠自己的钱财，这个最卑微、最可能实现的愿望都被无情地粉碎了。

投江之际，她最感失望的不是李甲，而是她自己。就像尤三姐在柳湘莲面前自刎一样，烈性女子开弓没有回头箭，别无二托，她忠贞于自己的感情，痛恨自己所处的环境，痛恨自己的名声。她已经为这个尽了全力，却仍不得善终，哀莫大于心死。她觉得再也没有什么人可以依靠、可以信赖，人世间没有任何值得留恋之处。美貌多才的女子，本就自恋自怜，与其在这个污浊之世浮沉，不如赴死表一个清白。当她明艳照人地梳妆打扮时，就是在心底跟这个世界诀别了。整个故事的起伏，套用一句话：她猜中了开头，却没猜中这结局。

男主角李甲的性格特征，从头到尾就是两个字：软弱。

先是留恋美色，“闻知老爷在家发怒，越不敢回”，这是害怕父亲责骂而不敢回乡。

花光了盘缠，又遭老鸨责骂，他居然一点儿血性也无——任凭你骂，我兀自厚脸皮，也不为所动，就赖在这儿了，你怎么着吧。

为十娘赎身，完全是十娘被老鸨责骂、言语相激造成的事实，并非十娘、李甲两厢情愿和长久谋划的结果。十娘催促他去借赎身费，他借不到居然就躲起来不见面。

借钱的过程中，他初次和同乡柳遇春商议。柳遇春认为这是老鸨和妓女的合谋，只为了赶他走。李甲听了这番话，“半晌无言，心中疑惑不定”。这说明他内心深处对于赎一个妓女回家，是存疑的，对于十娘的感情，也缺乏认识。他根本没有坚定的信念，若是此时毅然割舍，从此再也不理会，倒是一件好事。那样的话，杜十娘无非就是受些情伤，另觅良人，肯定不会丢了性命。偏偏他又“心中割舍不下”，十娘一找他，他就回去了。

直到他们成为自由身从妓院出来，投宿十娘姊妹的家里，他都没想好以后怎么办。还是十娘主意早定，提议先浮居苏杭，李甲回乡求得父亲谅解，然后再偕她回去。

对于杜十娘，他肯定喜欢，否则不会为她花光了钱财。但是，也仅仅停留在喜欢其美色上，何况他家里已经有正房妻子，并不觉得这个小妾非娶不可。从两人的相处模式来看，明显是女强男弱：“公子必感激流涕，十娘亦曲意抚慰”；“公子拥被而起，欲言不语者几次，扑簌簌掉下泪来。十娘抱持公子于怀间，软言抚慰”……这些行为举止，不似情人，倒像母子了。

所以，赎身一事，完全是杜十娘自己促成的，李甲一直在被动接受，被推着向前走。他的主要矛盾一直都没有解决，那就是不容于老父。为此他也没有付出一丝一毫的努力去解决，总是被动地等待他人的方案。首先是十娘的方案，继而是孙富的方案。从始至终，他真正在乎的其实是父亲和家庭的感受，并不是十娘的感受。已经欢好了两年，对于他来说，恰好也是多巴胺衰減，爱情开始冷淡的时候吧。

十娘于他，只是一个可有可无的小妾；他对于十娘，却是全部的未来和希望。如此不对等的情感关系，难免倾覆。

故孙富首先说之以严父之威，再说之以金钱匮乏，再说之以妓女水性杨花，每一条都击中李甲的要害。孙富提供的解决方案，对于旅途漂泊、忐忑不安的李甲来说，真是最好的方案：全部的钱财回笼，又可获得老父原谅；已经尽情享受了杜十娘的美色，此刻抛弃，也不觉得多么可惜。

李甲和孙富谈话之后，回到船上的"气闷流泪"等等表现，或许有些出于真心，更多的还是用来试探十娘的反应。故"十娘微窥公子，欣欣似有喜色"，这一句真是神来之笔，若没有这个描述，读者诸君会和杜十娘一样迟疑，生怕误解了李公子。有了这个发现，十娘决绝之心乃下。倘若李甲不是欣欣有喜色，而是悲惨落泪，十娘肯定会相信他不得已，肯定会吐露财宝真相，使其宽心，从而转向大团圆结局。文章若写成这样，就悲剧变了喜剧，批判性大为削弱，也不会是震撼人心的杰作了。

对十娘投江赴死的整个过程描写，情感充沛，酣畅淋漓，充满了戏剧性，是全篇的高潮。

瓜洲渡口，原本就是人来人往热闹之所。风雪寒江，四顾萧索，靓妆炫服的美人站立船头，绝对是大家眼中的焦点。

十娘亲手打开描金文具，命李甲一次次抽取小箱，箱中展露的宝贝一箱比一箱贵重。第一箱的翠羽明珰、瑶簪宝珥，"十娘遽投之江中"，"李甲与孙富及两船之人，无不惊诧"，反应尚属平常。第二箱的玉箫金管；第三箱的古玉紫金玩器，尽投之于水，岸上之人，观者如堵，齐声道："可惜可惜！"第四箱，夜明珠、祖母绿、猫儿眼等诸般异宝，更博得“众人齐声喝采，喧声如雷”。每一件稀世珍宝都赚足眼球、引人垂涎，倾国佳丽却将之毫不可惜地丢弃于江，这毁灭性的行为，绝对击中了每个旁观者的软肋。

围观众人听到十娘痛斥“妾椟中有玉，恨郎眼内无珠”之后，“无不流涕”，都唾骂李公子负心薄幸；十娘投江，“众人急呼捞救”；“当时旁观之人，皆咬牙切齿，争欲拳殴李甲和那孙富”。这样对众人义气之举的描写，虽然不能偿十娘枉死之灵，对痛心的读者却多少是个安慰。

再看文中杜十娘的姊妹们，虽然都是烟花女子，但个个有侠义之风。十娘净身出户，她们拿出自己最好的首饰、衣服，为她尽心打扮。更重要的是，她们为姊妹保管财物，始终守口如瓶。这种底层女子之间的互相帮扶，也让人感受到江湖义气。

颇具侠义之风的还要数柳遇春。他原本怀疑烟花女子杜十娘对李甲没有真情，等到李甲出示絮被中的银子，他却为之动容，立刻明白这个女子的坚贞情意，毅然出面去告贷，并且对李甲说：“吾代足下告债，非为足下，实怜杜十娘之情也。”后来，杜十娘、李甲登门拜谢时，他说：“十娘钟情所欢，不以贫窭易心，此乃女中豪杰。”这两番话语真让人感慨，十娘还不如嫁给柳遇春呢。他与杜十娘并不熟识，却堪称杜十娘的知己。可想而知的是，柳遇春这样的好汉，肯定不会留恋花街柳巷，十娘哪有机会结识他呢？真是令人遗憾啊！

李甲“终日愧悔，郁成狂疾”，孙富“终日见杜十娘在旁诟骂，奄奄而逝”，柳遇春则获得十娘宝匣。虽然故事的结局善恶果报，但是并没有说教感，也没有削弱全篇悲剧的力量。

按照当今的各种爱情教程，女人找到一个爱自己的人，男人找到一个自己爱的人，这样的关系才会更加长久。

男人是更具有竞争性的物种，他们乐意为了自己的挚爱去拼搏去奋斗，这是一种幸福，甚至是一种奖赏，让他们的人生有了意义、价值和目标。相对而言，因为怀孕、哺育等天生的功能设置，女人更适合守成，她们需要安全感，需要稳定的居所、稳定的关系，需要有人为自己奋斗，为自己打造这些，好让自己安心生活，安心营造家庭、养育后代。

女权主义者们不要抗议，这大概是长期以来社会演化的结果。虽然女士们的主动性越来越大，但男人依然占据了更多主导权。杜十娘的时代，就更不用说了。秦重对美娘的爱慕终成正果，十娘对李甲的倾心却成了镜花水月。

那么，女人究竟要怎样“主动”，主动到什么程度，才能成就所愿所想？

《醒世恒言·卖油郎独占花魁》之二（据明崇祯原刊本《占花魁》插图）

生生死死不了情

——闹樊楼多情周胜仙

在皇权专制社会里，男人的头等大事是做事业，读书人进仕途，买卖人挣钱，等等；女人的头等大事就是婚姻。总之，男人掌握全世界，女人只求掌握一个男人或者被一个男人掌握。

青楼女子的身份是最低贱的，一入娼门就等于跳进了火坑，万难逃脱，而且终身背负恶名。偶尔有几个成功从良的，都演变成了传奇故事，之所以是传奇就是因为太少了。比较而言，良家女子基本上人人有归宿，父母之命、媒妁之言，配一个门当户对的夫婿，白头偕老，这是大多数女子的人生。偶尔有几个越出常轨，自己择婿的，则又成了传奇，实在也是因为太少了。

那么，平凡人家的女儿倘若看中了一个人，会怎么办？我们来看看周胜仙的故事。

这个故事的发生地是北宋的京城汴梁。汴梁繁华胜景，商业空前发达，各色人等自由来往于市井店铺之间，每年踏青赏玩时节，仕女君子游客如云。茶坊酒楼都是邂逅陌生人的好地方，如果想有艳遇，茶坊更胜酒楼。

一个年轻人就在茶坊里蓦然看到了一个女孩子，“四目相视，俱各有情”，这就叫一见钟情。有意思的是，在那个年代，男女不能随便讲话，尤其是有身份的仕女郎君，丫头小厮们倒是不受限制。

跟中意的陌生人搭讪，是一门高深的学问。现代人发明了很多办法，比如问问几点啦，借个火啦，故意撞掉人家的书啦，假装认错人啦，手段多多，不一而足。这些拿到中国古代，统统不灵光，因为你不能跟陌生的异性直接说话，甚至直视人家都属于失礼，更不要说身体接触了。所以，在这重重限定面前，如何搭讪，端的是考验人的智慧。

女孩儿先有了主意，假装所买的糖水当中有草，借着呵斥卖水的，大声说出自己的姓名身份："我是曹门里周大郎的女儿，我的小名叫作胜仙小娘子，年一十八岁，不曾吃人暗算。你今却来算我！我是不曾嫁的女孩儿。"

那年轻人立刻明白这蹊跷的话是说给自己听的，马上有样学样，同样买水，同样呵斥卖水的："好好！你这个人真个要暗算人！你道我是兀谁？我哥哥是樊楼开酒店的，唤作范大郎，我便唤作范二郎，年一十九岁，未曾吃人暗算。我射得好弩，打得好弹，兼我不曾娶浑家。"

倒霉的卖水人，被这两人先后呵斥得摸不着头脑，却不明白自己的糖水已经成了互通信息的好媒介，实在具有喜剧效果。

范二郎理解了周胜仙的暗示，跟随到了她家门口。周胜仙已经走进家门了，又故意"推起帘子出来望"，分明在示意范二郎：我知道你在后面哟。所以，范二郎欢喜得不得了，"在门前一似失心疯的人，盘旋走来走去，直到晚方才归家"。

经过这番遭遇，两个人都害起了相思病，茶饭不思，天天懒卧。由这些描写，可以看出两个年轻人的用情程度是一样的。再结合时代背景来看，周胜仙作为女孩儿，能主动表露身份，又主动抛出爱慕信息，更加出格，更加勇敢。

相思病就是心病，心病还需心药医。寻常的大夫都不算数，惯于说东家串西家的婆子就出场了。在男女交往不自由的年代，这些入得深闺、出得厅堂的老太婆都成了故事发展的推手。富有经验的王婆看穿了胜仙小娘子的心事，乐意替她穿针引线。

周胜仙、范二郎的症状都是“头疼恶心，有一两声咳嗽”，卧在床上，饮食不进，一旦被王婆说破心事，又知婚姻有望，便立刻精神起来了。

经过王婆说合，胜仙的母亲周妈妈和范二郎的兄长都很乐意这桩婚姻，很快下了定礼。故事发展到这里，实在是顺风顺水。两个年轻人才貌相当，情投意合，两家也算门当户对，双方家长也乐意。于是，范二郎、周胜仙都定了心，“范二郎闲时不着家，从下了定，便不出门，与哥哥照管店里。且说那女孩儿闲时不作针线，从下了定，也肯作活。两个心安意乐，只等周大郎归来做亲”。

谁知道晴空霹雳，剧情陡转。周胜仙的父亲周大郎外出大半年之后，回到家中，一听说这桩婚事，就大怒。他嫌弃范家只是个开酒店的，认为女儿应该嫁个大户人家。

这个故事里面的人物有个共性，就是“急”，没有哪个乐意温言缓语、从长计议的。

范、周两人一见钟情，就马上害相思病；周妈妈爱女心切，就慌忙定婚约；周大郎回家之后，不同意婚事立刻大发雷霆；周胜仙一听父亲不允许，当即气绝倒地；周大郎居然立刻发丧，并无任何营救；周胜仙从盗墓人家里逃脱，赶去见范二郎，范二郎不辨青红皂白就打鬼。这一群人的慌忙着急，一事赶一事，可怜的周胜仙就这样死了两次，一死于父亲，二死于情郎，两次死亡相隔两个月，真是死得不值。

整体看起来，人物的性格举止足够生动，就是有一些不太真实之处，令人觉得有悖常理。

第一个就是周大郎，他一年倒有八个月在外头，好容易回家来，还要威风，不同意婚事的主要原因恐怕不是范家不相配，而是恼怒自家老婆、女儿擅作主张，把他这个当家的撇开了。他个人的尊严和威风超越一切：女儿气倒，妈妈来救，他扯住不许救；丫头去救，他一巴掌把丫头打开；左邻右舍来相问，他把人家赶走。如此蛮横无理，直接导致女儿气绝。妈妈骂他是不舍得嫁妆才害死女儿，他又赌气把女儿房里所有的细软宝贝都搬进棺材里，“功德水陆也不做，停留也不停留，只就来日便出丧”。这人不像个父亲，倒像个十足的逆我者亡的独裁者。但凡以上任何一个环节稍微缓一缓，也不至于发生这样的悲剧。

另一个性格有悖常理的就是范二郎。按理说，朝思暮想的情人意外死亡，免不了悲痛伤心，如今才过了两个月，蓦然相见，又是大白天，难道没有惊喜，竟然只有惊恐？就算惊恐，顶多逃跑，也不至于下狠手去打，毕竟那是情人又不是仇人。令人怀疑，他对于周胜仙的感情到底如何。这不仅是不浪漫，简直有些脱离常理。周胜仙被范二郎当成鬼打死，这样的结局出人意料，似乎亦是不错的构思。但是，从范二郎人物形象的完整性来看，却基本上否定了范二郎对周胜仙的感情。也许是作者明白这个缺失，故而后文又增添了范二郎在牢房里的忏悔和反思。

再看女主角周胜仙，这个女孩子，聪明活泼，借着数落卖水的来自我介绍，实在是出人意料；对范二郎一片痴心，父亲不答应婚事，竟然能气死过去；而被盗墓人奸骗之后，逃脱出来，不找爹娘，不找官府，第一个就去找范二郎。范二郎被关在牢里，已经变成阴魂的她向五道将军求情，还特意告假三天，专程来与范二郎云雨欢好。这些描写无非说明了她就算被范二郎打死，也毫不怨恨，反而一直在维护他。

回头想想这段感情的生发过程，两个人仅仅是在同一天里见了几面，虽然听到了对方的声音，却从来也不曾面对面倾心交谈，更不要说其他交往了。后来，好容易说上话了，还立刻被当成鬼打死。“二郎万福！”“灭！灭！”“二哥，我是人，你道是鬼？”“灭！灭！”——这就是他们全部的交流。

结合这个过程再来看范二郎的表现，才能明白他的情感深度是符合现实的。两个人的情感没有任何坚实的基础，人活着就有个念想，人死了，立刻全忘光。与范二郎的现实相比，周胜仙的一往情深反而令人奇怪了。

文章当中的时间线索非常清晰，时序的变化与人物命运对照来看，颇有象征意味。春末，周胜仙、范二郎初次相遇，青春年少的两人，憧憬的心情像阳春天气。三月下了定礼，直到十一月周大郎归家，这八个月的时间风平浪静，周、范二人认定了对方就是自己的归宿，是幸福的等待期。十一月已经初冬，天气肃杀，与现实中的矛盾冲突基调一致。周胜仙下葬之后，就是十一月中旬，大雪纷飞，也是人物命运坠入谷底的时候。从十一月至来年正月十五元宵节，天气由严寒渐渐和暖，周胜仙也突破了禁闭状态，逃出朱真家。只可惜这个“月上柳梢头，人约黄昏后”的好日子，竟然成了她的毙命之时。又过了一个月，范二郎牢狱事毕，算算正是二月中旬。

如此看来，周胜仙、范二郎的爱情故事恰好一整年。一年的时间里，定情、悔婚、死去活来、活来死去，人物的心情起伏正像四季的冷暖交替，发生了那么多事情，不是恍如隔世，而是阴阳隔世。正像文章最后那首诗所写：“情郎情女等情痴，只为情奇事亦奇。若把无情有情比，无情翻似得便宜。”

总之，在男女交往不自由的年代里，能够一见钟情的概率太低了，以至于只要一见钟情，就立刻害相思。被禁锢得越强，反弹出来的力量也越强。那种情感的深度和浓度，是今天的都市人无缘体会的。

死了都要爱

——崔待诏生死冤家

南宋临安城里，十八岁的姑娘璩秀秀被路过的郡王看中，令其父母送入府里做养娘（宋代人对婢女的称呼），专门从事绣作。璩公“写一纸献状，献来府中。郡王给与身价，因此取名秀秀养娘”。由此来看，其父母是半被迫半自愿将其卖入王府的。良家女子成为在籍的婢女，丧失了人身自由，本属不幸。但是，对于普通市井人家而言，能进入郡王府当差又是比较荣耀的。就像袭人在怡红院为奴，每次告假回家，都有姨太太的派头，全家人还以之为荣。

郡王家大业大，还要用到各类工匠。其中有个年轻的碾玉工匠崔宁，颇受赏识。郡王曾经当众许诺，以后要把秀秀养娘嫁给他。说者也许无心，听者却着实留意。秀秀和崔宁，就彼此惦记上了。

两个人真正相遇，则源于郡王府里一场大火，府中人竞相逃命。秀秀正撞见崔宁，央求崔宁带她出去躲避。崔宁就带她回到自己家中，好生款待。几杯酒下肚，秀秀主动提起婚事，想今夜就做夫妻，崔宁反倒是不敢。秀秀就说：“你知道不敢，我叫将起来，教坏了你，你却如何将我到家中？我明日府里去说。”这样一激将，崔宁就下了决心，说要做夫妻就只能逃走。

看到这里，令人疑问丛生：为什么秀秀如此急迫？既然郡王已经亲口许诺过婚事，只需要等着不就行了吗？她主动要求崔宁带她走，又主动要求做夫妻，人家不同意，她还想诬赖。如果不是花痴、结婚狂，何至于如此？

最大的可能是秀秀本人想逃离郡王府。

失火当夜，崔宁撞见秀秀时，“秀秀手中提着一帕子金珠富贵”。此时，府中已经“搬挈得罄尽，静悄悄的无一个人”，可见其他人早就撤离了，而且很可能是集体逃开的。唯独秀秀一人落后，她一定是看到此时混乱，不是急着随大家伙儿逃命，而是赶紧收拾金银细软，这说明了什么？只能说明她想趁着黑夜混乱带着钱财离开。至于巧遇崔宁，可能不在她的计划之内。一旦逃出府之后，从常理推断，她不会直接去找父母。人口失踪，直系亲属是最先被询问被搜查的。那么，除了父母，她还能依靠谁？

崔宁的出现像一根救命稻草。依靠崔宁，她既可以实现逃出王府的愿望，又不至于连累父母，还能终身有托，这是她唯一的也是最好的选择。由此出发，她逼婚的言行举止才能得到合理解释。倘若不是崔宁这个彼此已经中意的对象，而是什么张三李四王二麻子，秀秀可能不会如此。

那么，秀秀为什么想逃离王府？这个疑问，下文再表。我们先来看看秀秀和崔宁的逃亡路线。他们从临安（今浙江杭州）向西南，到了两千里之外的潭州（今湖南湘潭），被郭排军发现而向郡王告发。郡王派人把他们抓捕回去，秀秀被带至王府后花园，崔宁被发配至建康府（今江苏南京）。

秀秀又跟随崔宁同去建康居住，后来崔宁得到皇上委派差事，偕秀秀重新回到临安，又遭遇郭排军。直到此时，真相才终于大白。原来秀秀早已经被打杀在后花园里。故事的后半部分，她都是一个未灭的灵魂，在追随自己心爱的丈夫。

与秀秀的主动、勇敢相比，崔宁的表现自始至终没有太多亮点。每次被捉，他都先急着撇清自己，把责任全部推给女方。如第一次他招供说："只见秀秀养娘从廊下出来，揪住崔宁道：'你如何安手在我怀中？若不依我口，教坏了你！'要共崔宁逃走。崔宁不得已，只得与他同走。"看到这段供词，只怕读者诸君要拍案而起，这分明是诬赖啊。因为前文两人的对话清清楚楚，并无此等言语。的确是秀秀主动要求崔宁带自己走，但是，并非在府中失火的当场就如此要挟，而是在崔宁的家里，喝了几杯酒之后，原话也根本没有崔宁所述的那样阴险。

通观整个事件，两人应负的责任差不多。

从文中描述来看，崔宁是个老实人，废话不多，很有主见。秀秀借着酒意，说起郡王许婚，"崔宁叉着手，只应得'喏'"；秀秀继续说，"崔宁又则应得'喏'"。秀秀直截了当，今夜就要做夫妻，崔宁也只说两个字"岂敢"。崔宁这暧昧不明的态度惹得秀秀急躁起来，才说：你要不答应，我就"教坏了你"。崔宁方才拿出一套道理："告小娘子，要和崔宁做夫妻不妨。只一件，这里住不得了，要好趁这个遗漏人乱时，今夜就走开去，方才使得。"真让人怀疑，他刚才的唯唯诺诺都是因为大脑飞转，在盘算私奔路线呢。

一个巴掌拍不响，如果崔宁态度坚决，不带秀秀去自己家里，不同意这桩婚事，私奔无论如何都不会成功。崔宁其实是半推半就，对于和秀秀成婚还是很乐意的，也是他出主意要逃到外地去。真正踏上私奔路途，去衢州、信州、潭州等，都是崔宁的主意。到了潭州，也是崔宁说："料得无事，你我安心，好做长久夫妻。"及至后来，从建康又回临安，也同样是崔宁做主。

但是，崔宁是自私的，永远不会牺牲自己的利益去维护秀秀。

秀秀相貌出众，送上门来要嫁给他，他当然高兴，存着几分侥幸心理逃走。一旦被捉回，他就把责任推得一干二净。被发配建康的时候，官差押送他上路，他听到有人在喊自己，"认得像是秀秀的声音，赶将来又不知恁地？心下好生疑惑。伤弓之鸟，不敢揽事，且低着头只顾走”。这段描写，分明说出他对秀秀的感情之薄，以至于不敢相认，怕再惹事。等到秀秀赶上来询问，他也只是说：“却是怎地好？”不再拿主意，也没有断然拒绝。秀秀说愿意跟随他去建康府，他又说：“恁地却好。”明显不想主动负责任，顺水推舟而已。如果秀秀不赶来寻他，他也不会去打听秀秀的下落吧。如此一想，真令人齿冷。

崔宁这个男主角，完全被女主角秀秀的光彩所掩盖。至于男配角之一的郭排军，两次告密，典型的损人不利己的小人。崔宁夫妻明明请他喝酒，又央求他保密。他也满口答应，可是一旦见到郡王，立马什么都捅出来，奴性十足，毫无信义，导致秀秀惨死、崔宁被发配、秀秀双亲投河自尽。更令人发指的是，璩家人的悲惨遭遇对于郭排军来说根本没有任何触动，他第二次看到崔宁夫妻，又赶回王府打小报告。这次告密，终导致崔宁死掉。

实在不清楚郭排军的告密动机，是对郡王的愚忠，是天生多嘴多舌，还是潜意识里嫉妒崔宁拐个漂亮老婆？

另一个男配角咸安郡王，纯属威风过分，以至于草菅人命。

当初是郡王本人看见了路边的秀秀，立刻相中，对手下说：“我从前要寻这个人，今日却在这里。只在你身上，明日要这个人入府中来。”完全是志在必得、不容置疑的口吻。

当第一次把秀秀两人捉回来的时候，“郡王好生焦躁，左手去壁牙上取下‘小青’，右手一掣，掣刀在手，睁起杀番人的眼儿，咬得牙齿剥剥地响”；第二次郭排军告密，郡王的表现依然是“焦躁”，要把秀秀押来凯取一刀；接秀秀的轿子空回，轿夫、崔宁各自讲述情况之后，“郡王焦躁，把郭立打了五十背花棒”。

由这些描述，都可以看出郡王的暴躁、粗鲁，以及不容反对的武人性格。

皇帝赏赐给郡王的团花绣战袍，由秀秀依样绣出一件。郡王答谢皇帝的美玉，由崔宁碾成一个南海观音。这两个细节表现了秀秀、崔宁都是郡王府里得力的人工。郡王一说将来把秀秀嫁给崔宁，众人就跟着撺掇，正说明两人非常般配。

秀秀和崔宁私奔，治家如治军的王爷大为光火，他恼怒的应该不是这两人该不该成亲，而是奴隶擅自逃走，冒犯了他作为主人和郡王至高无上的尊严，破坏了他的规矩。那么，如果两人不逃走，而是老老实实当奴婢，郡王会不会真的把秀秀嫁给崔宁呢？这谁也不敢担保。毕竟秀秀只是一个婢女，没有任何人身自由，相当于主人家的财产，可以随便支配。今天亲口许婚，明天完全可以翻脸不认，谁会在意奴隶的感受？主人一时的喜怒哀乐就可以决定她一生的命运。秀秀一定看清楚了郡王暴虐的本性，也认识到了自己作为婢女的不幸，所以她要逃出去，主动大胆地追寻自己的幸福。

秀秀明明死了，她的父母也成了鬼，居然没什么人看出来，连朝夕相处的崔宁都没有疑心。如果真是这样，活着和死了有什么区别呢？

鬼魂是古人故事里面的常客，因为魂气虚渺无形，不受时间、空间的限制，可以做出肉体所不能的行为，满足人们种种离奇的愿望。根据各类记载，古人认为灵魂有生魂，有死魂。生魂是活人的灵魂离体，多见于相思成疾的幽闺女子。譬如六朝志怪笔记《幽明录》里《庞阿》一篇中的石氏女，唐代传奇《离魂记》里的张倩娘，都是生魂离体，追随情郎，甚至倩娘的生魂还生育了两个孩子。人死之后的鬼魂，则为死魂，一般被描述为阴冷、怕见阳光，没有明确的形体。清代小说集《聊斋志异》里有形形色色的鬼，对鬼的特性给予了充分的描绘，堪称历代对于鬼魂认识的集大成者。

秀秀及其父母这三个鬼，明明是死魂，却与生魂无异。做鬼做到这个份儿上，也没什么可怕的了，崔宁何苦还要求饶命呢？一块儿做鬼，显然是个好安排。

这可能是作者善意的设置。秀秀不是恐怖的女鬼，没有任何危害别人的行为。她只想过好自己的小生活。但是她失去了人身自由，无权决定自己的命运。如果她在郡王府里做小伏低，温柔敦厚，估计会像袭人那样得宠，再生个一儿半女，就成了赵姨娘之类，虽然地位不高，好歹也是半个主子，从此过上富贵生活。如果她没有得到主人的垂青，也许会被随便指派给哪个小厮，可能是崔宁，也可能是张三李四，等等。总之，对于她来说，自由自主实在是极奢侈的梦想。她努力去抗争了，逃出王府，自主婚配，变成了鬼也不放弃。做人的时候，她不能守住自己的家庭；做鬼的时候，却永远团圆了——真是非常讽刺。人这么软弱无力，这么多缺点，这么有局限性，为什么仙女还要下凡，妖精还要修炼，连鬼都伪装成人呢？也许种种恩恩怨怨、你侬我侬，是人世间最大的烦恼，也是最大的快乐，谁不知道爱有多销魂，就有多伤人呢！

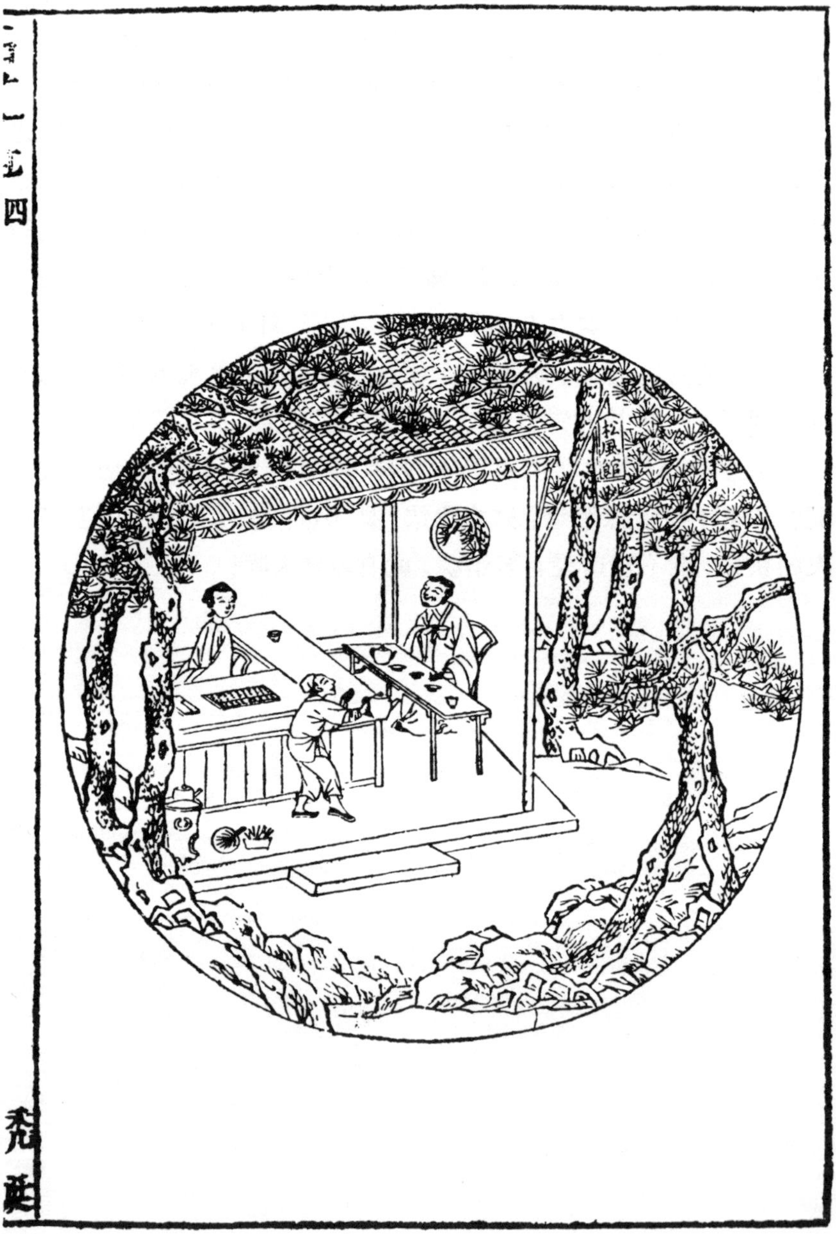

《醒世恒言·卖油郎独占花魁》之三（据明崇祯原刊本《占花魁》插图）

妖又何辜

——白娘子永镇雷峰塔

蛇，以其神秘、蜿蜒的姿态，与滑腻、阴冷的形象，经常成为邪恶的象征。人与蛇的交往甚至交锋，无论是心理上还是生理上，人总是占下风。唐传奇中的《李黄》讲述了两则士人与蛇的故事。第一个故事里，李黄路遇白衣美女，迷恋不已，追随到其宅，同居三日，结果身子全部化成血水，仅剩一颗头。这白衣美女，其实是废园里的一条巨大白蛇，她身边的伙伴就包括“青眼老女郎”。另一个故事，是说李琯与陌生美女欢度一宵，第二天就脑裂而卒。这女郎及其侍从就是大蛇以及小白蛇。

在这些恐怖传说的基础上，诞生了白蛇与许仙的爱情。在西湖的如画美景中，人与蛇妖旖旎相恋，伤感、柔情、精怪、变化，丰富的故事元素引人入胜，其脍炙人口的程度，堪称国民神话。

《白娘子永镇雷峰塔》这篇话本，是许仙与白蛇爱情故事的一个重要发展阶段。那时候，许仙不叫许仙，叫许宣。许宣父母双亡，寄居在姐姐姐夫家里，在表叔家的生药铺里担任主管。

清明时节，许宣去寺庙里烧香追荐祖宗，然后沿着西湖闲走，“不期云生西北，雾锁东南，落下微微细雨，渐大起来”。这雨绵绵不绝，许宣怕湿了鞋袜，故来搭船。不期然间，白娘子和小青也来搭船。这次相遇是一次偶然。但是两人看见对方，彼此有情，“娘子把秋波频转，瞧着许宣。许宣平生是个老实之人，见了此等如花似玉的美妇人，旁边又是个俊俏美女样的丫鬟，也不免动念”。白娘子主动搭话，两人互相了解基本家庭情况。许宣发扬绅士风度，代付了船钱，两下告别。

人世间大多数的邂逅不过如此，一见动念，继而相忘于江湖。但是，白蛇并不在凡人之列。于是，许宣从生药铺借了伞出来，又遇到白娘子。这次相遇，无论如何也不是偶然了，必定是白娘子特意等候。从同船到共伞，两个人的距离越来越近。

许宣把伞借给白娘子，留下了第三次见面的机会。许宣上门取伞，白娘子故意说被亲友借走，要他改天再来。于是，又有了第四次见面的机会。可见白娘子小小的心机，而许宣也乐得如此。

许宣对这位娘子，从第一天起就念念不忘，首先是爱其美色，而后来白娘子言谈举止的体贴温柔更打动了他。文中李妈妈如此夸赞白娘子：“好个伶俐的娘子！十分容貌，温柔和气，本分老成。”这就是许宣为之动心的形象。第四次见面依然在白娘子的居所。白娘子满面春风，要求“寻一个媒证，与你共成百年姻眷”，许宣就认为：“真个好一段姻缘。若取得这个浑家，也不枉了。”

这一对单身男女，无父母在堂，孤身相处，没有苟且，没有偷情，而是彼此尊敬，商议婚姻大事。议亲的银子败露，许宣被发配苏州。白娘子随后赶来，由客店主人做主，备办喜宴，拜堂成亲，方谐鱼水之欢。由这个结合的过程，既可见许宣之老实，也可见白娘子之郑重。

按照人类的标准，白蛇实在是太强大了。许宣则没什么大出息，老实孩子，顶多做个药铺的主管。对于一个强大无比的女性来说，温柔体贴的男性是最好的选择。她乐意在他跟前，隐藏起所有的能量，只做一个小女子，享受他的关爱。她根本不需要匹敌和门当户对，人生苦短，她却有上千年的寿命，修炼了千年才成人形，又于万千人海里，只选中这一个许宣，怎么舍得轻易割舍？

她知道这份安宁来之不易，时时刻刻需要维护，唯一的办法，就是让许宣少见人，把他置于自己的羽翼之下。每次许宣出门看热闹，她都会说："有甚好看，只在家中却不好？""甚么好看，休去！"企图劝阻丈夫出门。对于有法术的白蛇来说，捆绑啦、弄昏迷啦，还不都是小菜一碟，但是，她充分尊重丈夫的自由，除了抱怨两句，不会采取任何阻拦措施，甚至还特意把他打扮一番。难道她不知道偷来的东西不能招摇？看来是爱夫心切，把许宣打扮得漂亮了，自己看着也自豪。她明明知道金山寺的高僧会识破行藏，也只是约法三章，仍然让许宣自由行动。从两个人的感情发展来看，完全是自觉自愿、两情相悦。她希望用自己的美貌和真心留住丈夫。

白娘子和许宣的婚姻生活充满了波折。许宣对白娘子的感情认识，交织着白娘子是人是妖的问题，抑扬起伏，使得文章异常好看。

因为去保俶塔寺烧香，许宣才遇到白娘子，彼此钟情。初次议亲，许宣的姐夫就告发许宣有赃银，许宣被发配苏州。白娘子寻到苏州，许宣见了，又骂"死冤家"，又说"你是鬼怪"。白娘子巧妙辩解之后，反而赢得王主人夫妇的欢心，促成了与许宣的婚事。"夫妻二人如鱼似水，终日在王主人家快乐昏迷缠定。"

许宣去卧佛寺看卧佛，有道士看出他有妖怪相缠，许宣肚内道："我也八九分疑惑那妇人是妖怪，真个是实。"他回家试探着烧符，但是白娘子法术更高超，不仅不害怕，还捉弄了道士。于是，依旧"夫唱妇随，朝欢暮乐"。

许宣去承天寺看佛会，又被人捉赃，第二次被官府问罪，"不合不出首妖怪之事"，发配镇江。在镇江与白娘子相遇，他就恶骂：

“你这贼贱妖精！连累得我好苦，吃了两场官事！”而白娘子一辩解，他又“回嗔作喜，沉吟了半晌，被色迷了心胆”。直到在金山寺，白娘子当众作法，被和尚斥为业畜，许宣才确信白娘子为妖。

他返回杭州，白娘子又先一步到达时，两人进行了一番对话。许宣只是求饶命，此时，白娘子“圆睁怪眼”，已经明显焦躁起来，她说：“小乙官，我也只是为你好，谁想到成怨本！我与你平生夫妇，共枕同衾，许多恩爱。如今却信别人闲言语，教我夫妻不睦。我如今实对你说，若听我言语，喜喜欢欢，万事皆休。若生外心，教你满城皆为血水，人人手攀洪浪，脚踏浑波，皆死于非命。”如此要挟的话，是第一次对许宣说，这不是狠毒，而是绝望，她眼睁睁看着自己的努力在一点一点付诸东流，这基本上是她最后的挣扎。

许宣和姐夫病急乱投医，找来捉蛇人。捉蛇失败之后，白娘子又威胁他：“你好大胆，又叫甚么捉蛇的来！你若和我好意，佛眼相看；若不好时，带累一城百姓受苦，都死于非命！”对于男女感情来说，一旦达到威逼、要挟的地步，就说明一切都无可挽回了。

此时的许宣一心只想摆脱白娘子，他已经不可能和白娘子重修旧好，也没有力量抗拒她，既然没有办法，就想干脆自杀算了。这也可见许宣为人真诚之处，不会虚与委蛇，不肯连累无辜。

两个人关系的矛盾进退，写得生动细腻。

许宣不知白娘子为妖时，一往情深，吃了官司，怨恨的时候就疑惑她为妖，但是每次她辩解之后，他就立刻原谅她，相信她的说法。这不是耳根软，而是他在白娘子的魅力面前，根本没有什么抵抗能力。最后，他确切知道白娘子是妖，第一个念头就是害怕，要摆脱她，得到了法海的指点后，回到家才会毫不犹豫地用钵盂劈头一罩，可是，白娘子在钵盂内说：“和你数载夫妻，好没一些儿人情！略放一放！”他就立刻心软了。

文中，白蛇几次现形，一是故意吓唬好色的李克用，一是无意中被许宣的姐夫窥见，又一是故意吓唬捉蛇先生。她的原形几次出现，李克用看到“一条吊桶来粗大白蛇，两眼一似灯盏，放出金光来”；许宣的姐夫看到“一条吊桶来大的蟒蛇，睡在床上，伸头在天窗内乘凉，鳞甲内放出白光来，照得房内如同白日”；呼蛇戴先生看到“一条吊桶来大的蟒蛇，连射将来……张开血红大口，露出雪白齿，来咬先生”。凡是看到白蛇原形的人，无不吓得魂飞魄散。被钵盂罩住后，法海逼白蛇现形，她却挣扎着不肯，这是因为她羞于在丈夫面前暴露原形，更不敢以骇人的形象出现，她只希望用丈夫最喜爱的美貌女子的形象出现。及至变成了三尺长一条白蛇，“兀自昂头看着许宣”，这份有底线的羞耻感，这份生死不舍的眷恋，令人动容。

她修炼千年的道行，无比的美貌和妩媚，只为了一个许宣，全部毁弃。

许宣也喜爱白娘子，但是，他害怕妖，只要听说是妖，他就逃跑，根本不去问一问，这妖有没有害他性命。他想到的是妖必定祸人，已经受连累吃了两场官司，性命必定堪忧。这里面的逻辑，就是法海的逻辑，非我族类，其心必异。人和人相爱，还经常变心，闹出悲剧；人和妖相爱，一旦变心，闹出的就是人命了。现实被预想的将来打败了，理想被成见打败了。于是，他既爱又怕，最后，怕占了上风，才亲手了结这段孽缘。

禅师将两个妖精压在塔下之后，许宣“化缘，砌成了七层宝塔，千年万载，白蛇和青鱼不能出世”。然后，他又“情愿出家，礼拜禅师为师，就雷峰塔披剃为僧”。由此可见，许宣不是无情绝情，这是他作为人，来完结这场人妖孽缘的最好方法。

白蛇美丽、多情、执着、勇敢，几次三番，到处追随，敢于直接和法师对抗，只为了争取属于自己的幸福。她是妖怪，却没有害过任何人，偷盗是她犯过的最大过错。她不害人，却总是被人追捕，几乎被人所害，道士、李克用、捉蛇人、法海禅师等等一再出现。阻碍白蛇与许宣婚姻的唯一理由，就是她是个妖。

世间究竟有没有妖？人与妖的界限究竟有多坚固？妖是否一定害人？究其实际，所谓妖，乃是人对于不能理解不能掌握的事物的一种解释。不能认识不能掌握的东西，自然充满陌生的神秘的力量，令人惧怕，超出了人的力量和认知范围，就是妖。

女人而为妖，超出了男人的掌控，过于强大的力量，令男人心惊，仿佛把自己的命放在了女人手里，两个人严重失衡。不管一个男人本身什么德行，如果他要摆脱一个女人，无非是厌烦或者害怕。白娘子明白这个道理，才会隐藏真实力量，一再伪装成弱女子。果不其然，许宣一旦知晓白娘子为妖，立刻失去了做丈夫的勇气。直到白娘子被镇压在雷峰塔下，两个人的力量均衡了，往昔的情义才会再现。

白娘子永不得出世，许宣也断绝了尘世的一切情欲念想，说起来好像醒悟“色即是空，空即是色”，获得了顿悟，但是，从另一方面来讲，白娘子就成为他唯一的、永远的妻子了，以我之空门孤寂相伴你塔下孤寂。这何尝不是对柔情蜜意的纪念，对辜负恩爱的补偿？

坚贞的苏三

——玉堂春落难逢夫

对京剧戏文略知一二的人，都可以随口哼哼几句《女起解》："苏三离了洪洞县，将身来在大街前，未曾开言我心内惨，过往的君子听我言，哪一位去往南京转，与我那三郎把信传……"《女起解》的故事原型就是《警世通言》中的《玉堂春落难逢夫》。

苏三与王三的故事，与唐人传奇《李娃传》相似。简而言之，就是官宦子弟嫖娼，花光钱财之后，被娼门抛弃，沦落为乞丐，又得昔日相好妓女帮助，重新奋发振作的套路。《李娃传》的男主人公受尽了磨难，女主人公却没有太多波折。本篇故事就是双虐了，既虐男主角，更虐女主角，篇幅较长，情节曲折好看，人物性格鲜明。一些旁逸斜出的情节也都与故事主干紧密相关，对于人物命运的推动起到了必不可少的作用。

苏三的花名叫玉堂春，在苏家妓院长大。

王三公子王景隆，多才多金，在酒楼里听说了玉堂春的名头，"有十二分颜色"，"鸨儿索价太高，还未梳拢"，就动了嫖的念头。

两个人的关系发展分为几个阶段，在不同的阶段，人物性格也随之发展变化。

王景隆最初求见玉堂春的时候，她并不在意，直到老鸨说：

“王公子好个标致人物，年纪不上十六七岁，囊中广有金银。你若搭得上这个主儿，不但名声好听，也够你一世受用。”于是，她立刻打扮出来，用心接待。这两个人初次见面，完全是互相比硬件，年龄、容貌、金钱等等，符合彼此的心理定位了，才开始交往，非常功利化，与感情无关。

此时的王三官，年少无知，留恋美色，“看那银子犹如粪土，凭老鸨说谎，欠下许多债负，都替他还，又打若干首饰酒器，做若干衣服，又许他改造房子，又造百花楼一座，与玉堂春做卧房。随其科派，件件许了”。他还赶走家仆王定免得其拘束自己，很显然没有什么城府，不计后果。

玉堂春认定两人是“从小的儿女夫妻”，定情之后，就一颗心全向着王景隆。先是帮着王定劝说，要公子留条后路，免得一朝没钱受委屈。王景隆果真把钱花光之后，她又全力维护他，为了他根本不接客，被老鸨亡八鞭打也在所不惜。

王景隆手里有钱的时候，谁的话都听不进去，结果耗成了穷鬼。眼看着心爱之人为了自己挨打，他就想离开，让玉堂春自由接客，免受苦楚。此时玉堂春却不让他走了，一是恩情难舍，再是没有盘缠。两人的对话，你疼我惜，进退两难，“一递一声长吁短气”，“二人直哭到天明”。

男女主人公自己不能开解，老鸨亡八却使出了“倒房计”，把玉堂春拐走，一日走了一百二十里路，抛弃了王景隆。

屋漏偏逢连阴雨，王景隆去寻找，偏偏遇到强盗打劫，好容易捡回一条命；谋个打更的差事，却因为不称职被赶走，沦落成乞丐；被王银匠接济，却又被王银匠的老婆奚落；再遇到卖瓜子的金哥，经历坎坷的王景隆，再也不是当初人傻钱多的模样，他嘱咐金哥去探望玉堂春：“你到那里看风色。他若想我，你便提我在这里如此；若无真心疼我，你便休话，也来回我。他这人家有钱的另一样待，无钱的另一样待。”话里话外透出无限辛酸，他现在对于玉堂春的感情没有把握，毕竟前后境况相差得太大了。

玉堂春虽然在娼门里长大，却因为只接了一个王景隆，就情投意合，所以，她不做别的打算，对这份感情的投入逐日加深。被老鸨使计拐走的时候，她“路上牵挂三官，泪不停滴”；重回妓院，她“每日思想公子，寝食俱废”；金哥看见她的时候，她正在“手托香腮，将汗巾拭泪，声声只叫王顺卿……”。

经过金哥通风报信，玉堂春、王景隆在城隍庙重聚。玉姐带着私房银子及首饰，约莫价值二百两银子，偷偷送给王景隆置办衣物。

玉姐从头就只接了王景隆一个客人，别无收入来源。她手里这些私房钱，应该也来源于王景隆。这就让人费解了，当初王景隆钱财散尽，决定离开的时候，她就是不让他走，理由之一是没有路费，她明明手里有私房钱啊。忍受着白眼辱骂，硬着头皮住下去，王景隆是因为没钱，玉堂春是有钱也不拿出来，就跟老鸨硬碰硬，扛着。

她的真实想法是什么？莫非是怕王景隆有了钱，又重新花光？不到山穷水尽，私房钱绝不外露？现在亲眼看到王三穷困潦倒，吃够了苦头，从挥霍花钱、不管不顾的阔公子变成了忍辱负重、谨慎多心的乞丐。她也看清楚了，此人与她的交往中没有任何保留，至此，她方才尽心拿出了全部积蓄。

还有一个原因，当初玉姐与王景隆一样，都是不谙世事的年轻人，只想两情欢好，哪怕天天苦挨日子，也不想劳燕分飞，不料突遭暗算。在这段别离的日子里，她一定认真思考了今后的种种可能，只有彻底改变王景隆的处境，才能改变他们两个的处境，跟当初一味厮守的想法已经不一样了。

患难见真情，两个人重逢，彼此洞悉内心，这是二人关系的新阶段，从此以终身相托。王景隆对玉堂春也彻底放心，就连她以后被迫嫁了别人，他也要想方设法找到她。

苏三感觉终身有靠，充分发挥自己的机智勇敢，开始积极反抗，寻求自由。她故意装作对王三官近况一无所知，一手策划了完整的计划。

第一步，王景隆购置衣装，假装从南京返回，重新成了阔公子，皮箱里放满砖头伪装金银，麻痹老鸨，暗地里则带着玉堂春处全部值钱的东西，悄然出走。

第二步，玉姐佯装王景隆失踪，飞奔到热闹大街上高喊“图财害命”，使老鸨亡八不敢轻举妄动，吸引了足够多的观众和听众，然后在大街上一顿痛骂，再把自家身世当众宣讲，获取同情。

第三步，请众人主持公道，为自己写了赎身文书，还争取到了百花楼的居住权和服侍的丫头。

她巧妙借助外力，走出了这几招险棋、妙棋，一事接一事，如繁弦急管。赎身事定，她只在百花楼上居住，一心等待王景隆。先是闷倦，不思饮食，又误把丫头当作王三官，拿着点心“分为两半，右手拿一块吃，左手拿一块与公子。丫头欲接又不敢接。玉姐猛然睁眼见不是公子，将那一块点心掉在楼板上”；呷汤时泪如泉涌；照镜时长吁短叹。描写细腻，情景如画。

可惜她只是个行动不便的弱女子，才智虽然出众，但沦落到烟花窟里，再聪明也难以自保。苏三两次被骗，一次被骗甩掉了王三官，一次被骗给拐卖到了山西。两次的方式相同，都是限制人身自由，强行带走，她没有办法反抗，也无法脱逃。

王景隆后来的表现，足以证明他没有辜负玉姐的痴情。

他刚听说玉姐被偷卖，就“一头撞在尘埃”，气恼交加，先是叫家人揪住老鸨乱打，又把百花楼上箱笼尽数打碎，直气得痴呆了。等到听说被卖去仅仅是做妾，他更是心中大怒，痛骂亡八老鸨不仁不义，又满眼流泪。人都卖掉了，还关心做妻做妾干什么？因为在旧时代，妻妾身份的差异就是主与奴的区分。正妻只有一位，轻易动摇不得。而妾，跟那槽头的马一样，都是财物，可以随便处置。正妻对待妾，也是高高在上的样子。所以倘若做妻，还有可能体面。如果只是做妾，命运就由不得自己，甚至有些妾生儿育女后，也一样被逐出家门，那种骨肉分离的滋味更是悲惨。

王景隆得知玉姐遭遇之后，心中气闷，无心应举，竟然要束装回家，被友人劝醒，方又振作精神参加考试，结果会试连捷。他的强大动力就是一定要去山西做官，好寻访玉堂春。

皇天不负苦心人，王景隆走上仕途一年多，终于调任到山西，正好审理苏氏玉堂春的案卷。整个故事，一环紧扣一环，既无废话，也没有松懈之处，每个场景都能连贯起来，推进情节发展，也很好地渲染出人物性格。玉堂春，就是抱定一个忠贞之念。王景隆，即便为官娶妻，仍然对她念念不忘，务必访求消息。这一对才子佳人，具有相似的执着性格，在感情方面没有太多纠葛矛盾。他们的阻力主要来自小人破坏。最后，有冤的申冤，有仇的报仇，爱与恨都非常痛快，情节展开得合情合理。

还有多场戏中戏，对世态人情的描述，入木三分，增加了小说的厚度。如王景隆回乡，得姐夫相助，重新获得父亲认可；沈洪妻皮氏与赵昂勾搭，毒死沈洪；审问玉堂春案件的时候，刘推官使用了柜中计。柜中几个嫌疑人各有各的声口，赵昂之势利，皮氏之狠毒狡诈，王婆之贪财，小段名之胆小怕事，众生相栩栩如生。

这篇小说还颇具黑色幽默感，但凡发誓，都给予兑现。

玉堂春发誓："我要再接王三，把咱一家子死的灭门绝户，天火烧了。"然后，她还是接了王三，没想到苏氏一家子后来还真的灭门绝户了。

王景隆发誓："我若南京再娶家小，五黄六月害病死了我。"

然后，他还是娶了，婚礼当夜，就中了伤寒，整整一个多月才好。

玉堂春还发誓："苏三再若接别人，铁锁长枷永不出世。"她没主动接，但是给人做妾，等于接了别人，结果还真卷入人命案，戴上了铁锁长枷……

这些情节设置，似乎是有意彰显冥冥中自有神道，不可轻言；也可能是作者故意在跟人物开玩笑，文似看山不喜平，多一些波折，增加可读性。

只是结尾非常庸俗，给王景隆安排了齐人之福，"正了妻妾之分，姊妹相称，一家和气"。明人写的故事，就不似唐人心胸宽广。阅人无数的妓女李娃嫁给了荥阳生，夫贵妻荣，还被封为汧国夫人。明代的妓女玉堂春就只能做妾，尽管文章画蛇添足地说王景隆的正妻如何贤惠，两个女人之间多么谦让，其实还是绕不过去尊卑良贱的观念。

衣不如新，人不如故

——蒋兴哥重会珍珠衫

这个故事颇能体现人性之复杂，情爱之莫测。

蒋兴哥和王三巧本是少年夫妻，成亲四年，伉俪情深。后来，蒋兴哥外出经商长达一年多，王三巧独自在家，天天盼夫归。她青春妙龄，却能本分度日，种种相思滋味不能细述。“大凡人不做指望，倒也不在心上；一做指望，便痴心妄想，时刻难过。”王三巧在丈夫许诺好回来的日子里，天天张望。某天，她看到与丈夫十分相似的陈大郎，误以为良人归来，多看了几眼，就被陈大郎惦记上了。

这个故事的主人公都是俊男靓女，陈大郎与蒋兴哥年相若，貌相似，又都是行商，其实就暗示了两人配偶的年龄、长相肯定也差不多。

陈大郎冷落家中贤惠整齐的妻子，却对这个无意邂逅的陌生娘子一往情深，为了引诱她，不惜花费大价钱，请薛婆牵线，从春到夏设了一个局，直至七夕方才得手，足费了半年的时光。主导者薛婆的老奸巨猾真令人咋舌，其布局能力堪比一流军师。她怎能不知道勾引良家妇女之罪过，就是让金钱迷住了心智。

局内人王三巧始终被蒙在鼓里，被薛婆哄骗，在不明就里的情况下赴了巫山之会。“陈大郎是走过风月场的人，颠鸾倒凤，曲尽其趣，弄得妇人魂不附体。”故三巧儿根本不恼恨，甚至连一丝羞惭都没有，她不骂薛婆引狼入室，也不骂陈大郎奸骗良家妇女，唯一惦记的是：“事已如此，万一我丈夫知觉，怎么好？”得到薛婆大包大揽的保证之后，“三巧儿到此，也顾不得许多了，两个又狂荡起来，直到五更鼓绝，天色将明，两个兀自不舍”。

王三巧与两个男人的恩爱情深，前后描写互相映衬，有意进行了对比。

蒋兴哥“专在楼上与浑家成双捉对，朝暮取乐。真个行坐不离，梦魂作伴”。兴哥做生意要离家远行，王三巧“泪下如雨。兴哥把衣袖替他揩拭，不觉自己眼泪也挂下来。两下里怨离惜别，分外恩情，一言难尽。到第五日，夫妇两个啼啼哭哭，说了一夜的话，索性不睡了”。

再看王三巧和陈大郎，“真个是你贪我爱，如胶似漆，胜如夫妇一般”。陈大郎也为生意要还乡，“夜来与妇人说知，两下恩深义重，各不相舍。妇人倒情愿收拾了些细软，跟随汉子逃走，去做长久夫妻”。两个人商议来年私奔事宜，一一周到。等到临别时，“这一夜倍加眷恋，两下说一会，哭一会，又狂荡一会，整整的一夜不曾合眼”。陈大郎对王三巧也真个动情，得珍珠衫相赠时，“哭得出声不得，软做一堆”。其后，陈大郎“有了这珍珠衫儿，每日贴体穿着，便夜间脱下，也放在被窝中同睡，寸步不离”。

珍珠衫，在文中起到了穿针引线的作用。蒋兴哥外出经商，所有宝贝细软，都交由妻子保管。珍珠衫作为传家之宝，自然在内。妻子爱恋情夫，以家中最宝贵的珍珠衫相赠，岂料情夫与丈夫居然相识，就由这珍珠衫看出端倪。

蒋兴哥得知妻子赠人珍珠衫的奸情之后，“如针刺肚……想了又恼，恼了又想，恨不得学个缩地法儿，顷刻到家”。三不知的陈大郎居然托蒋兴哥给王三巧捎带信物，“气得兴哥面如土色，说不得，话不得，死不得，活不得”；而后怒发冲冠，撕毁书信摔断玉簪；“急急的赶到家乡，望见了自家门首，不觉堕下泪来”。此后的心理活动，可见蒋兴哥为人之忠厚，他此刻想的不是把这个贱人暴打一顿，而是：“当初夫妻何等恩爱，只为我贪着蝇头微利，撇他少年守寡，弄出这场丑来，如今悔之何及！”

他恼恨妻子红杏出墙，又自觉心中有愧，故虽然休妻，却有意保存她的体面，不对岳父母说明实情；又把所有细软物件，整整封了十六个箱笼，作为她再嫁之陪嫁物品。虽然夫妻名分已绝，但还是心存忠厚，并未有一句恶言恶语。如此举止，足以令王三巧感恩在心。

再看陈大郎，就是骗人妻子遭恶报的一个典型。首先因为珍珠衫和发妻吵架，夫妻反目，他匆匆离家，结果路遇强盗，财物被洗劫，还险些丢了命；原本还指望王三巧，不料又听说一连串王三巧的遭遇，结果患了抑郁症、相思症、怯症、惊症，卧病不起，一命呜呼。他死之后，妻子平氏又被人陷害，只落得孤身一人，守着丈夫的灵柩。

珍珠衫由蒋兴哥交托王三巧，王三巧赠给陈大郎；陈大郎死后，平氏又携珍珠衫嫁给续弦的蒋兴哥，于是，珍珠衫重新回到蒋兴哥手中。只不过，物是人非事事休，报应轮回，令人后怕。

一件珍珠衫的处置，可以看出三巧和平氏两个女人的不同。

三巧儿一时情迷，居然把丈夫的传家宝送给情夫，真是愚蠢极了。而平氏在陈大郎死后，手头艰难，却没有典卖珍珠衫，理由是“只愁来历不明，怕惹出是非，不敢露人眼目”。文中有几句比较：“那平氏容貌，虽不及得三巧儿，论起手脚伶俐，胸中泾渭，又胜似他。……蒋兴哥见平氏举止端庄，甚相敬重。”

王三巧的幸运之处，就是凭借美貌，得到了男人的宠爱。无论是蒋兴哥，还是陈大郎、吴县令，都对她很好，颇令人感慨——女人如果只是一件财物，在男人的世界里，有容貌有身材就足够了，这些就是她作为物的价值体现。她可以得到欢愉和宠爱，但是得不到长久的尊重，一旦年老色衰，就失去了底气。

本是各自嫁娶，相忘于江湖。不料，蒋兴哥惹出了人命官司，偏巧被王三巧再婚之夫审理。县令受王三巧之托，不用刑罚，说得合理，断得干净，还应允蒋兴哥与三巧儿相见。这两人见面后，“也不行礼，也不讲话，紧紧的你我相抱，放声大哭。就是哭爹哭娘，从没见这般哀惨”。文中用知恩报恩来解释说：“他夫妇原是十分恩爱的，因三巧儿做下不是，兴哥不得已而休之，心中兀自不忍；所以改嫁之夜，把十六只箱笼，完完全全的赠他。只这一件，三巧儿的心肠，也不容不软了。”

真令人浩叹：问世间，情为何物？经过了波折磨难，才能看清楚谁对自己真好，心底究竟有哪一个人吧。人有喜新厌旧的本性，也同样有恋故怀旧的本性。

王三巧的名字，正好应了三个巧：一巧是蒋兴哥巧遇陈大郎穿着珍珠衫；二巧是蒋兴哥人命官司遇到前妻的后夫吴县令审理；三巧是蒋兴哥续弦偏娶陈大郎之妻。

巧上加巧的故事结局就是：陈大郎诱骗良家妇女，身死财亡。王三巧红杏出墙，地位降低，由妻变妾。心地厚道的蒋兴哥人财两得。成人之美的县令也有好报。平氏无过错，正妻的地位不变。

这篇文章的出色之处在于，人物刻画非常有分寸，不是黑白斩截、好坏分明，而是对每一个主要人物都给予足够的理解。

王三巧与陈大郎虽是通奸，却有真情。

蒋兴哥忠厚深情，没有什么过错，但是商人重利轻别离，让青春妙龄的妻子独守空房，没能充分理解她的寂寞和孤独，也有责任。薛婆说了：“做客的那一处没有风花雪月？只苦了家中娘子。”

多数男人认为自己在外拈花惹草，不算什么，反正家还是最重要，所谓彩旗飘飘、红旗不倒。他们这样想的时候，完全没有把女人放在对等的位置上。女人虽然相对更内敛，更居家，但是她对于情和欲的需求，一丝一毫也不比男人少，甚至还要更多。千万不要认为女人比男人更痴情更专一，仅仅是男女的出轨机会不一样而已。

这篇明代的故事，反映了那个时期较为通达的两性观念，与之形成呼应的是凌濛初的看法，他在《二刻拍案惊奇》的《满少卿饥附饱飏 焦文姬生仇死报》中有一段议论："假如男人死了，女人再嫁，便道是失了节、玷了名、污了身子，是个行不得的事，万口訾议；及至男人家丧了妻子，却又凭他续弦再娶，置妾买婢，做出若干的勾当，把死的丢在脑后不提起了，并没人道他薄幸负心，做一场说话。就是生前房室之中，女人少有外情，便是老大的丑事，人世羞言；及到男人家撇了妻子，贪淫好色，宿娼养妓，无所不为，总有议论不是的，不为十分大害。所以女子愈加可怜，男人愈加放肆，这些也是伏不得女娘们心里的所在。"

《醒世恒言·卖油郎独占花魁》之四（据明崇祯原刊本《占花魁》插图）

拼爹的婚姻

——金玉奴棒打薄情郎

金玉奴是团头的女儿。所谓团头，换成今天人们易于理解的词，就是“丐帮帮主”。这个帮主不会使打狗棒，但是凭着收取人头费、保护费等挣得了大家业，尽管成为家大业大的财主，身份还是受限制，怎么算都只是个乞丐头儿。

自古有“三教九流”之说，原本指儒、释、道三教，以及法、墨、纵横、阴阳、名、农等诸家学术流派，后来意义扩大，泛指社会上各行各业的人。乞丐，其实在九流之外，或曰下九流。上流人士一旦陷入困顿，也会沦落为乞丐。比如伍子胥曾吹箫乞食，韩信曾受漂母一饭，陶渊明也曾向邻家乞食。大丈夫的际遇有早晚，有起伏，这是人生运数，故做乞丐并不丢人。

一个读书人落魄了，哪怕沦落到当街乞食，也不妨碍他有朝一日努力奋发，提升地位，重做人上人。乞丐头儿也就是团头，却是个世袭的职位，一代代继承下去，无论多有钱多体面，都摆脱不了乞丐的身份。在人们眼里，读书人和团头的区别，基本相当于官员和乞丐的区别，属于不同的阶层，不会发生太多联系，至于缔结婚姻更是罕有，毕竟门当户对是婚姻的前提。

金玉奴和莫稽的婚姻偏偏就是这样罕有的例子。

莫稽父母双亡，自己只会读书，不会别的营生。读书这事，讲究一个先期投入，没有吃没有喝，书读得再好饿死了也无用，何况读书本身也是费钱的事情。对于莫稽来说，入赘富室的确是比较好的选择，既照顾了自己的衣食，还能资助自己读书。团头金老大选中莫稽这个女婿，等于购买了一只潜力股，看好他的将来，把这桩婚姻当成了一项改换门庭、提升社会地位的投资。

女方要提高身份，男方要衣食资助，一拍即合，成就了婚姻。而双方实际社会地位的不对等，又暗暗埋下了矛盾冲突的种子。

莫稽"一表人才，饱学诗书"，满足了金家的择婿要求。莫稽本是屈尊俯就的心理，迫于"衣食不周，无力婚娶"，才入赘团头家，及至见到新娘子，他喜出望外，最初的顾虑基本上被金玉奴的无双才貌给打消了，社会地位方面的矛盾暂时被掩盖起来。

婚礼满月宴上，莫稽宴请自己的同学朋友，都是诗礼人士。不料现任团头金癞子率领一帮破衣烂衫的乞丐大闹宴席，吓得莫稽逃到朋友家去了。第二天，"金老大见了女婿，自觉出丑，满面含羞，莫稽心中未免也有三分不乐，只是大家不说出来"。这是莫稽第一次因为团头女婿的身份丢面子，心中开始有芥蒂。

金玉奴"只恨自己门风不好，要挣个出头，乃劝丈夫刻苦读书。凡古今书籍，不惜价钱，买来与丈夫看；又不吝供给之费，请人会文会讲；又出资财，教丈夫结交延誉。莫稽由此才学日进，名誉日起，二十三岁发解，连科及第"。这几句话说得清楚，倘若没有妻子的资助，莫稽连衣食都存在问题，更不可能顺利地进学及第。

他身着乌帽官袍，骑马归来，街坊小儿看热闹，都嚷嚷"金团头家女婿做了官也"。这也是实话实说，哪有什么贬义？就像秃子听不得"亮"字，莫稽一听"团头"二字，就"一肚皮忿气"，好像人家在骂他一样，真是疑心生暗鬼。"早知有今日富贵，怕没王侯贵戚招赘成婚？却拜个团头做岳丈，可不是终身之玷！"他只想着做了团头家的女婿，一辈子丢人现眼，却全不想没有当初，何来如今。此时的莫稽，已不是心存芥蒂可以形容，而是恶意萌动，开始考虑休妻了。

恶意一旦产生，就像他的虚荣心一样强烈，终于变成了杀妻的恶念。莫稽很清楚妻子的贤惠，却依然下得了狠手。可怜金玉奴，没有任何过错，仅仅因为生在团头家，就被丈夫谋杀。莫稽害死了妻子，金团头自认倒霉。莫稽再另娶如意娇妻，这事也就了结了。但是，如此结束，好人受屈，没良心的却逍遥自在，还有没有天理呢？倘若没有报应之说，怎么安慰普通人的向善之心呢？所以，情节当中设置了超自然力量的因素，金玉奴“初坠水时，魂飞魄荡，已拼着必死。忽觉水中有物，托起两足，随波而行，近于江岸”。也就是说，金玉奴是被不明力量给救起来的。作者安排这不明力量，就是出于好人有好报、恶人受惩罚的民心所向吧。

救助金玉奴的官员，正好是莫稽的顶头上司。这个设置也只能说是一个善良的愿望。

看看残酷的现实吧，莫稽杀妻，妻子可能死掉，也可能没死掉。如果没死掉，最可能被船夫舟子甚至盗贼草寇救起，下场不见得好。此番被官员救起，还认作义女，实在是能够设想到的最好的方式了。

金玉奴对待莫稽，从无二心，先是尽心竭力资助他读书上进。按理说，被丈夫推落水中，就该恩断义绝。她又被许公收为义女，等于有了新的身份，新身份伴随着更多选择佳偶的机会，她却顾念着结发夫妻的情分，不肯改嫁，认为自己要守“妇节”。还是许夫人出主意，让新婚之夜痛打莫稽，出一口恶气。真正开打之后，也是玉奴叫停：“休打杀薄情郎……”真是痴心女子负心汉，被他害一条命，也只能还他一顿打，而且丫头老妪拿着篱竹细棒打，能有多大力量？顶多把帽子打歪，压一压他的气焰罢了。

文中的关键人物许公，是个有计谋的仁厚长者，一手促成了金玉奴夫妻再合。这里有个疑问，倘若玉奴是许公的亲生女儿，已经被女婿害过一次，是否放心再把女儿交给他？人命关天，非同小可。金玉奴又不是河东狮、母老虎，而是全心全意的贤内助。金家也根本没有阻碍莫稽的前程，仅仅是听上去不够档次。对这样的妻子，莫官人居然都下得了狠手，还是亲自动手，这已经不是薄幸了，这是地地道道的狠毒。对这样的女婿，哪怕他痛哭流涕跪地求饶，哪怕女儿也心软了，作为父母都应该不会同意他们复合的，与其等他悔改，重新与他团圆，还不如另嫁别人更放心呢。

莫稽根本没有良心，当然不怕良心的谴责，才杀了妻子，他就“皮松骨痒，准备做转运使的女婿”。可见最终与金玉奴夫妻团圆，恩爱如初，不是其他因素起作用，而是新岳丈的官职压他一头。如果金玉奴不是被官员认作义女，而是被草莽渔夫救起，并认作义女，那么两人重逢，莫稽岂会认渔夫的女儿金玉奴？想到这一层，真令人感觉悲凉。

好在作者慈悲，没有把温情脉脉的面纱进一步剥除，于是，我们又看到了大团圆的结局。莫稽、金玉奴恩爱如初，对许公夫妇及金团头孝敬恭顺。至于“莫氏与许氏，世世为通家兄弟，往来不绝”，也是春秋笔法。莫稽做官以后，和许氏一样都属于官宦人家，世代往来通好根本不奇怪。为什么不说“莫氏、许氏与金氏世世为通家兄弟呢”？因为那还是不可能的。金团头无男嗣，其他的金氏如金癞子之辈，仍然是下九流之属，没有资格与官宦人家来往。可以想象的是，若还有读书人穷苦如莫稽者，仍然会以入赘团头家为耻。

御夫有术

——赵春儿重旺曹家庄

本篇故事的女主人公赵春儿，可以定义成“浪荡子的经纪人、官老爷的大股东”。这浪荡子、官老爷，都是男主人公曹可成。曹可成，名叫可成，其实一事无成，完全是赵春儿苦心孤诣，甘于贫苦，守得云开见月明，才把这个浪荡子经营成了官老爷。

文中开头对曹可成的描写非常诙谐，他这个大户人家的独生子“人材出众，百事伶俐”，只有两个缺点，一不会读书，二不会理家。他的伶俐都体现在哪里呢？“专一穿花街，串柳巷，吃风月酒，用脂粉钱，真个满面春风，挥金如土”。瞧，他的伶俐都是无用的，缺点都是致命的。到底还是当局者迷，旁观者清，所以别人都唤他“曹呆子”。

子不教，父之过。曹太公早年过于娇宠儿子，结果儿子长成这么个浪荡败家子，悔之晚矣。太公不再给儿子钱，企图以此管束他，谁知道败家子主意多，曹可成居然瞒着父亲变卖田产。他的钱主要花在了名妓赵春儿身上，为了筹措五百两银子给赵春儿赎身，还搞了个掉包计，把父亲的真元宝偷出来，再把假元宝放回去。这钱啊，来得容易，当然也去得容易，流水一样全花出去了。

曹太公因病去世，曹可成的妻子面对成堆的假元宝还有不成器的丈夫，急痛交加，一向多病的她也气得一命呜呼。曹可成连遭两丧，又债务缠身，把祖业田产房屋全部变卖殆尽，成了真正的穷光蛋，没地方落脚，只好住在守坟的屋子里。这际遇不啻从天堂到地狱。

此时，曹可成的老相好赵春儿才真正露面，这个销金窟里的妓女已经榨干了曹可成的钱财，她还想怎样？故事出人意料地发展下去……

赵春儿深知世态人情，听说曹可成丧父丧妻后，“恐怕七嘴八张，不敢去吊问”；又听说曹可成潦倒的惨状，她主动写信邀请他来，曹可成羞愧不来，她又连连去催，并没有因为对方今非昔比就此冷淡。

曹可成终于来了，“春儿一见，抱头大哭”，又留饭又留宿，还赠给他一百两银子。这是赵春儿对曹可成的第一次回馈。

曹可成有了钱，居然不思悔改，买酒买肉，又跟过去的浪荡伙伴们混在一起。春儿见劝说无效，就长了心眼儿，不再直接给他银子，而是估摸着他生活困难了，就派人去送柴米。这个时期的回馈，既是赵春儿对曹可成的接济，也是对他的约束和锻炼。

曹可成不会读书不会理家只会败家，但是，他并非无赖，还有自尊心和羞耻心。家道败落之后，他并没有自恃曾经为春儿赎身，去讨要好处，而是春儿几次三番来请他，他才忍羞前往。把春儿第一次接济的银子花光后，他身无分文，“有一顿，没一顿，却不伏气去告求春儿”。甚至眼皮子浅的亲戚撺掇他去告状，追还给赵春儿的赎身钱，他都回答：“当初之事，也是我自家情愿，相好在前。”

故赵春儿听到别人学舌之后，也暗自称赞可成心肠还好，但是，她精通人情世故，害怕时间长了，他又被别人撺掇坏了，就又一次主动把他请来，当面谈话，大意是说他为自己赎身，自己也有心婚嫁，之所以拖到现在还没成礼，一是因为他有丧服在身——古代的制度，父母丧，子女守孝三年，不能婚娶；二来呢，是知道可成现在很艰难，她趁着自由身，多挣点儿衣食钱。赵春儿及时给曹可成吃了一颗定心丸，“你切莫听人闲话，坏了夫妻之情”。从而让他对于未来、对于婚姻，都保持积极乐观的态度，不能因为落魄而彻底堕入下流。这其实是继金钱之后的感情回馈。

三年服丧期满，赵春儿亲自准备了三牲祭礼、香烛纸钱等，让曹可成祭奠亲人，又拿出五十两银子，买下一所空房，作为两人的安家之处。成亲之后，赵春儿凑出三百两银子，让可成去赎几亩地耕种。两个人的新生活就正式开始了。

曹可成对于赵春儿的感情是始终如一的，没有因为自己的境况改变而改变——当阔公子的时候，为她挥金如土；沦落成穷鬼，也不忍心搅扰她的生活。

赵春儿看中曹可成，当初是看中他慷慨大方又多情，及至后来没钱了，也没坏了良心，做人的基准还不错。浪荡败家，耳根子软，容易被人哄骗钱财，是曹可成最大的弱点。但是，他所花出去的钱，大部分都在赵春儿这里，偷卖田产、偷梁换柱拿元宝，也都是为了赵春儿。能对赵春儿如此用心用财，足以证明他对她的情意。

虽然曹可成落魄如乞丐，但是他出身清白人家，赵春儿虽然富有钱财，却只是个妓女。两人的社会身份是有良贱区别的。所以，无论何时结亲，都是曹可成在俯就赵春儿，赵春儿在攀附曹可成，所以她深深地担心曹可成不以她为妻，以后还会娶正房太太。

赵春儿精通人情世故，即便曹可成为她赎了身，她仍然和曹可成保持自由交往的关系，根本没有急匆匆要嫁他的心思，不仅不急着嫁他，她还对外接客呢。曹可成败家，一半是出于浪荡本性，一半是为了赵春儿。在曹可成如落水狗般人人嫌弃时，赵春儿却相当讲义气。她用婚姻鼓励他，让他知道自己的心意，雪中送炭一样给他温暖。服丧期满，曹可成主动提起婚事，赵春儿却又后退一步，讨价还价，为自己争取婚姻当中的地位和尊严。

于是，妓女出身的赵春儿拥有了想要的一切：一直不动摇的情意，正式的婚姻和妻子的名分，再加上暗中积攒的大量钱财。她对于自己的人生归宿是相当有底气的，唯一令她担忧的是丈夫挥霍无度的秉性。她有足够的耐心，一步步试探着，等待丈夫的自我磨炼和转变。

很明显，曹可成根本听不进别人的意见，即便当面允诺了，也耐不过自己的本性。

且看赵春儿给他的几宗大数目银子的出入。第一次一百两，被他与酒肉之交挥霍净尽。第二次五十两，买房成亲，总算没有落空。第三次三百两，被人哄骗一空。银子没了，曹可成又吵闹着要赵春儿拿出值钱的东西。赵春儿干脆把箱笼钥匙全给他，随便他怎么花，自己只靠纺纱织布过活，不要曹可成养，也不要曹可成再来缠。可惜，她这个弱女子能做到自立，七尺男儿曹可成却万万做不到。

曹可成再次坐吃山空，把箱笼里值钱的东西变卖光，连仅有的丫头也卖掉了。他每次都会发愿，一旦变卖成银两，就赎回田产恒业，可是每次都落空，不知怎么的，就全花光了。到此为止，三十多岁的曹可成没有挣过一文钱，当初花老爹的钱，现在花老婆的钱。老爹、老婆的钱全都花光了，他没有任何指望了，才第一次想到靠自己来挣钱，还是在春儿的指点下，他去当了私塾先生，教附近的村童读书写字。可笑这个不会读书的人，居然当了教书先生，也不怕误人子弟。

他一开始“甚不耐烦，出于无奈。过了些时，渐渐惯了，枯茶淡饭，绝不想分外受用”。就这样，男教书女织布，清贫平淡的日子整整过了十五年。此时曹可成应该有五十岁了。经过十几年的磨炼，他的性子终于沉稳了，败家的习气也消失了。

偶然遇到殷监生走马赴任，煞是风光热闹，曹可成动了羡慕之心，也想去做官。他的功名之念不是为了一己享受，而是“自思一贫如洗，此生无复冠带之望，上辱宗祖，下玷子孙”。一事无成的人倒想去做官，好像做官是天下第一容易的事。原来作为一个监生，曹可成的确有做官的资格。

所谓监生，是明代国家最高学府国子监的学生。监生的来源，一是凭借门荫，父亲的官大职位高，儿子就能入学；一是凭借自身的才学，通过了科举考试，或者被地方当成人才推荐来，获得监生资格；还有皇帝特许入学；最后一类，就是拿钱买资格。国子监缺员或者是国家缺钱的时候，平民只要出得起钱，就能让自家子弟获得监生资格，这叫作“例监”。曹可成这个监生，就是“纳粟入监”的例监，是老爹花钱买来的。

为何拿钱换监生资格呢？因为监生过了若干年限达到若干条件，就能被选拔做官。由此造成的后果，可想而知，监生数量大增，几乎泛滥，可是，国家的官员编制是有限的，大批监生要么按照年资排队，等候选官，要么再出动真金白银，省掉这猴年马月的等待，一路用钱开道，直接把自己送进公务员队伍。这样的官员上任之后，想的肯定不是为百姓谋福利，而是赶紧把为谋官花掉的本钱捞回来，不仅捞回本钱，还得盈利才行，否则这官也当得太亏了。基本上所有的官员都能拿回先期投资，还大有盈利，所谓“三年清知府，十万雪花银”。清官尚且如此，贪官搜刮得就更厉害了。有个笑话，说是某官员离任，忽然发现随从里多了个陌生人，惊问是谁。那人说自己是本州土地爷，因为官老爷刮地三尺，自己都没家了，只好跟着一起走。

想做官势必要到处打点，打点就得花钱，花大钱才能买到好缺。所谓选官，名义上是被精选出来的人才，其实都是花银子买到的乌纱帽。曹可成、赵春儿有一番对话。春儿问谋个官要多少钱，可成回答："本多利多，如今的世界，中科甲的也只是财来财往，莫说监生官。使用多些，就有个好地方，多趁得些银子；再肯营干时，还有一两任官做；使用得少，把个不好的缺打发你，一年二载，就升你做王官，有官无职，监生的本钱还弄不出哩。"从这番对话来看，明代末期，政局腐败，做官的确成了一门生意，完全看你付出的本钱是多大，而不是你这个人有没有吏干之才。

曹可成想做官的理由很充分，这十几年的表现也让人放心，但是赵春儿只说自己已经没有钱了，要用钱？找亲戚们借吧。可成把亲戚们求了个遍，结果就是再一次见识了人情冷暖、世态炎凉。他无计可施，只有痛哭。赵春儿说："哭恁么？没了银子便哭，有了银子又会撒漫起来。"这话既是气话，也是激将法，看看他有什么反应。结果他反应大了，要寻死，老大无成，前途无望，左思右想，一无是处，这条命白白活在世上，没有任何价值，甚至还是个累赘，没脸再活着了。看到这个反应，赵春儿才松口说自己去向结拜姐妹借贷。曹可成得了这个鼓励，重新燃起希望，又去向学生家长借钱，到县里打点，幸好遇到一个好心人，办妥了相关的公文证件。这大概是曹可成活了半辈子，第一次凭借自己的能力办成一件事。

他欢天喜地，一心盼望着妻子借来钱，不料走进家门，看到眼前是往常一样的凄凉，没有什么欢喜等待。他"口虽不语，心下慌张，想告债又告不来了，不觉眼泪汪汪，又不敢大惊小怪。怀着文书立于房门之外，低低的叫一声'贤妻'"。这段描写，活灵活现，把一个老监生怀揣最后一点希望，又生怕希望落空的复杂、谨慎、敏感，写得生动细腻。

春儿委实有大将风度。她已经用了十五年来考察丈夫，依然谨慎无比，真是一朝被蛇咬，十年怕井绳。她亲眼看到文书，对曹可成的信任度又加深了一点儿，这才让曹可成掘出了一坛银子，让他去市场上倾兑。曹可成带回家的银子足斤足两，再也没有像往常那样钱一到手就乱花。赵春儿用真正的银子做试验，证明曹可成确实改掉了挥霍无度的恶习，这才放心地把全部积蓄都拿出来，居然有千金之多，足够选官打点等一应费用了。

曹可成对于理财治家一窍不通，做官却是顺风顺水，“有银子使用，就选了出来。初任是福建同安县二尹，就升了本省泉州府经历，都是老婆帮他做官，宦声大振。又且京中用钱谋为，公私两利，升了广东潮州府通判。适值朝觐之年，太守进京，同知、推官俱缺，上司道他有才，批府印与他执掌，择日升堂管事”。

令人好奇的是，老婆如何帮他做官呢？想来这做官就是混人情，拉关系，把上上下下都打点好。至于老百姓，并不求你官老爷清如水直如绳，只要你别太贪太狠，让百姓有条活路，就算是好官了。官场上普遍羊狠狼贪，只要稍稍温和一点儿，百姓就感激涕零。赵春儿精明练达，帮着做官自然不在话下。

曹可成为官三任，最后掌知府大权。赵春儿又劝他知足不辱，急流勇退。他听取了妻子的意见，卸任之时，“百姓攀辕卧辙者数千人，可成一一抚慰，夫妻衣锦还乡。三任宦资约有数千金，赎取旧日田产房屋，重在曹家庄兴旺，为宦门巨室”。既有美名，又有实惠，不嫌讽刺地说，做官还真是浪子回头的最佳选择呢。

曹可成的仕宦经验启示不大，倒是赵春儿的御夫之道颇令人思考。从始至终，她都没有强硬地去改变丈夫。

不少人的婚姻陷入悲剧，其根源多在于总想着改变对方。婚前把对方理想化，婚后又把对方按照理想去改造。可惜这种改变注定失败，江山易改本性难移，只能等着他自我醒悟和改变，也许经历一件事就能彻悟，也许要历练三五年，也许一辈子也无甚改变。最好的办法就是像赵春儿这样过好自己的生活，同时夫妻相守，不妄求，不贪得，平淡安稳，何尝不是幸福？

《警世通言·崔待诏生死冤家》（据明天启金陵兼善堂刊本《警世通言》插图）

黍离之悲

—— 杨思温燕山逢故人

“三言二拍”各篇的题目当中所出现的人物，基本上都是故事的主角。本篇却是个例外，杨思温并非故事主角，只是最重要的穿针引线人。

靖康之年，宋徽宗、宋钦宗被金人俘虏，北宋灭亡，东京汴梁城毁弃。无数普通人深受战乱影响，陷入国破家亡的境地，他们纷纷来到繁华的燕山府，各谋生路，希望继续汴梁式的生活。

杨思温就是这样的遗民，由东京汴梁城里的官员，沦落为燕山府的卖文人。而且本篇故事情节展开的每一步，都有东京人出现，如杨思温投靠的姨夫张二官人，昊天寺里的行者，东京装扮的妇人，秦楼里的伙计陈三儿、小王，打线婆婆等。

张二官人鼓动杨思温出门看燕山的元宵景。杨思温才闲步走到昊天寺，无意中看见了东京装扮的妇人，惹动乡思而怏怏不乐。昊天寺的行者就劝说他明天再来等候。于是，杨思温听从了劝告，第二天再出门，却于途中看到了故人郑意娘（后文写作义娘）。又得到秦楼伙计陈三儿帮助，替他传递消息，使他得以和郑意娘相见。后来，秦楼伙计小王又告知了他郑意娘的主人韩国夫人的居所以及韩思厚的消息。杨思温、韩思厚方才去天王寺后寻找郑意娘，又巧遇打线婆婆。婆婆告知了他们有关郑意娘的详细情形，并且帮助两人翻墙设祭等。

如此一环套一环的活动，形成了东京人在异乡的小圈子，他们的相遇、相识、相助，皆源于故土情思、故乡情意。

对于郑意娘之死，文中有多次详细交代，第一次是意娘对杨思温自述遭遇，隐瞒了已死的事实；第二次是韩思厚讲述意娘之死，并说是仆人周义亲见；第三次，则是打线婆婆讲述，证明意娘确实已经亡故。郑意娘的讲述是："妾自靖康之冬，与兄赁舟下淮楚。将至盱眙，不幸箭穿驾手，刀中梢公。妾有乐昌破镜之忧，汝兄被缧绁缠身之苦……"韩思厚的讲述是："自靖康之冬，与汝嫂雇船，将下淮楚。路至盱眙，不幸箭穿篙手，刀中梢公。尔嫂嫂有乐昌破镜之忧，兄被缧绁缠身之苦……"字句大幅雷同，而在多人的讲述当中，"被虏撒八太尉所逼，义不受辱，以刀自刎而死"更是出现数次。

如此不厌其烦地讲一个女子之死，给人留下了深刻的印象。为什么这样不怕啰唆呢?

燕山街头初遇时，在杨思温眼里，意娘身穿紫衣，"腰佩银鱼，手持净巾，以帛拥项"；在丈夫的悼亡词里，意娘是"合和朱粉千余两，捻一个，观音样。大都却似两三分，少付玲珑五脏"；在韩夫人废宅里，意娘魂灵显现，"媚脸如花，香肌似玉，项缠罗帕，步蹙金莲"。这几次形象描写，都突出了意娘的气质高雅、容貌美丽。如此有魅力的女子，却惨死在敌酋之手。意娘的遭遇，是当时无数亡国女人悲惨结局的写照。意娘毅然自刎，表面上是为丈夫守节，更深的含义却是黍离之悲，是一幕国破家亡不能自保的惨剧。

意娘拒辱自杀的场景，必定极其壮烈，竟然感动了敌酋之妻韩夫人。韩夫人为之火化收骨。韩夫人死后，意娘得以随葬，也一定是夫人的遗命。

意娘之死也深深震撼了仆人周义。虽然意娘已死，两人不复有主仆名分，周义却一直为之设灵祭奠，后来又成为意娘的守墓人。

意娘之死，实际上感动了所有闻知此事的东京人。打线婆婆平时与她的魂灵相伴，迁骨时为之操劳；杨思温更为之奔忙不休，而且与韩思厚饯别之时还要再三叮咛："哥哥无忘嫂嫂之言。"

故意娘之死，实有殉国之意。唯有上升到这种大节大义，方才感觉到那么多东京人都参与其中，并非闲笔。

意娘为夫守节而死，死后念念不忘的也是丈夫，自然愿意从夫归葬。但是，她又深知丈夫"在生之时，他风流性格，难以拘管。今妾已作故人，若随他去，怜新弃旧，必然之理"。与其从夫归葬，做故乡的孤苦之鬼，倒不如在异乡韩夫人之灵的庇护下更好。若没有韩思厚的苦苦哀求和重誓，她必然不肯迁葬。

而韩思厚呢，并非无情无义之徒。他在意娘死后，长达四年没有再娶，在迁葬时，更亲口说当终身不娶以报贤妻之德。看到意娘仍在犹豫，他更发下重誓："若负前言，在路盗贼杀戮，在水巨浪覆舟。"直到再娶数年之后，突然在船上听到舟人唱意娘旧词，他还是"如万刃攒心，眼中泪下"。

韩思厚违背了誓言，不能坚贞到底，的确辜负了意娘的信任。其实，他再娶之后，倘若不断祭奠，或许还好一些。可是，他沉迷于新婚欢爱，明知意娘有灵，却不恳求意娘原谅，还断了祭奠，不再去墓园。等到意娘魂灵怪罪，他又一味搬请法师镇压，甚至最后把意娘掘坟抛骨，这个举动实在太绝情了。

韩思厚续娶的刘金坛也是东京人，她的丈夫死于靖康年金人的冷箭之下。就夫妻而言，一方人已死去，另一方或娶或嫁，还将旧时意，怜取眼前人，是人性使然，算不得负心。但是，韩思厚、刘金坛的先妻先夫死于国难，韩思厚、刘金坛不仅辜负了夫妻之义，更是辜负了家国之义。对他们的谴责，实际上是对整个南宋朝廷背弃收复大业的谴责。

绍兴十一年，宋金和议，在抗金局势大好的情况下，宋高宗一味求和，不惜割地赔款，对金称臣，解除了岳飞等大将的兵权，从此南宋和金进入对峙局面。没有了收复故土的雄图大志，南宋的君臣们是“暖风熏得游人醉，直把杭州作汴州”。

而过了十年安稳生活的韩思厚，也早已把郑意娘忘得一干二净。所以，他突然听到舟人唱意娘的旧词，震惊不已。艄公又说燕山满城皆唱此词。那么多人传唱，一方面是纪念贞烈的郑意娘，另一方面跟这首词本身也大有关系。词里唱道“何计可同归？雁趁江南春色”，正表达了北宋遗民们盼望收复大好河山，盼望回归故土的心愿，让人想起南宋诗人陆游的诗句：“遗民泪尽胡尘里，南望王师又一年。”

郑意娘、冯六承旨的鬼魂突然出现，分别把韩思厚、刘金坛拽入水中。鬼魂的行动更加无常，如果要报复二人负义，早几年也完全可以，特意放在绍兴十一年复仇，实际是作者在警醒世人，不要因为眼前的和议，就忘记了靖康之耻，死去的人不能白死。夫妻之义、黍离之悲交织在一起，大时代的悲剧和小人物的命运融合，从而超越了寻常的市井爱情故事。

追爱的行为艺术

——唐解元一笑姻缘

明代中期著名的苏州才子唐寅，据说是寅年寅月寅日寅时出生，寅乃十二生肖中的虎，所以他的字就是伯虎。唐伯虎诗书画皆绝妙，自刻章为“江南第一风流才子”。他出身于普通的市井商人家庭，并无什么显赫的背景门第。他自幼聪颖，喜欢纵酒寻乐，后来听从友人规劝，方才闭门读书，弘治十一年（1498）参加乡试（即应天府试），夺得第一名。这个府试，就是省一级的科举考试，考上了就是举人，第一名被称为“解元”。“唐解元”的名号由此而得。

唐寅又去参加北京城里的会试，这是国家级的考试，这个考试的第一名叫会元。会试之后还有殿试，殿试第一名就是大家都知道的状元了。结果他无意中卷进了科场舞弊案，被斥谪为吏。他深感耻辱，不去做这个小吏，而是回到家乡苏州，以卖画为生。

一笑姻缘的原型来自于明代王同轨《耳谈》中的《陈玄超遇铜帽仙人》。明代人陈玄超，少年风流，倜傥不羁。曾经和友人一起登虎丘，看到随从官宦夫人出游的婢女，姣好姿媚，笑着顾盼自己，不由得内心大悦，以为美人留情，就跟踪到其家，微服扮作落魄模样，应聘文书之类工作。他为两个公子代笔写文章，让公子的父亲和老师都大感吃惊，还以为是公子们学业精进呢。后来他使了招欲擒故纵，要求辞职回家娶老婆。两个公子不放行，说家里的婢女随便他挑。他说要秋香——就是那个冲他笑的婢女。两人成婚之后，秋香说："您就是在虎丘相遇的那人吧？既然是贵公子，何苦要自辱身份。"玄超回答说："你笑着看我，我不能忘情啊。"这下子又该秋香失笑了："我上次见你外面穿丧服，里面穿花衣裳，觉得这家伙真轻佻，嘲笑你呢。"玄超不以为意，和秋香两情相悦。后来主人知悉真相，厚置妆奁，送他们回家。到此为止，陈玄超的故事与唐伯虎一笑姻缘的故事，几乎没有分别。

但是，多情男人也滥情，陈玄超又娶了一个美艳的琵琶妓。接二连三地纳妾，他的正房夫人吏部白大人的千金不高兴了，此时，秋香也不再受宠爱，两个人联手排挤琵琶妓，导致琵琶妓上吊而死，惹出了官司。"玄于色既多所悦，而因是常与人斗讼"，为了女人惹官司，也因此败家。后来，白氏去世，陈玄超再婚不遂，就出家当了道士。秋香呢？没有任何交代。一个小妾而已，或许送人，或许卖掉，或许死掉，谁会在乎？

浪漫开头，狗血结尾，太令人失望了，难怪《警世通言》的作者冯梦龙要改编一下，把主人公换成人气更高的江南第一才子，让他一生和秋香幸福地生活在一起。做这番改换的时候，冯梦龙考虑的只是谁更适合当故事主人公，而不在意历史上真实的唐寅能否承受这样的浪漫。

唐寅画名远扬，与沈周、文徵明、仇英并称"明四家"，传世名作有《孟蜀宫妓图》《秋风纨扇图》等，均体现出高超的画技。他擅长画仕女，甚至为了生计画过春宫图，由此可见，他对于女人之风韵体态必定有深刻的理解。不好色怎么称才子？才子必须佳人相伴才合乎民间想象。但是现实当中的唐寅感情运并不怎么样，至少没有民间故事、小说、电影等表现得那般夸张。

第一任妻子与他情投意合，可惜年纪轻轻就去世了。第二任妻子在他科场失意、家境潦倒之时，与他离异。弘治十八年（1505），唐寅用卖画的收入，在苏州城的西北部开始营造别业，大约三年左右完成，即桃花坞。娶第三任妻子的时候，他早已看透了世相，颓然自放，后半生基本上都是在桃花坞别业中度过的，终年五十四岁。这样一个仕途坎坷，家境也不阔绰，更无太多风流佳话的文人画家，何以成为一个符号化的人物？

唐寅的才情也经常挥洒在诗歌里，一洗现实生活中的郁闷不快。

桃花庵歌

桃花坞里桃花庵，桃花庵下桃花仙。桃花仙人种桃树，又摘桃花换酒钱。

酒醒只在花前坐，酒醉还来花下眠。半醉半醒日复日，花开花落年复年。

但愿老死花酒间，不愿鞠躬车马前。车尘马足富者趣，酒盏花枝贫者缘。

若将富贵比贫者，一在平地一在天。若将贫贱比车马，他得驱驰我得闲。

别人笑我忒疯癫，我笑他人看不穿。不见五陵豪杰墓，无花无酒锄作田！

唐寅生长在富甲天下的江南佳丽地、温柔风流乡，又生逢商品经济发达、人文思潮自由涌动的大明王朝。这首诗正是活脱脱的看破世情、醉情花酒的浪子形象，加上他自刻那枚“江南第一风流才子”的印章，给人造成的印象就是：这样一个人，完全可能因为美人一笑就屈身为奴。既然唐寅自己制造了供人想象的空间，不传扬一下风流才子的名头，岂不可惜？

男女主角的出场，是在苏州最繁华的阊门水路上。这个场景非常有戏剧性，唐解元不理会周遭求画的粉丝，大杯斟酒，“倚窗独酌，忽见有画舫从旁摇过，舫中珠翠夺目。内有一青衣小鬟，眉目秀艳，体态绰约，舒头船外，注视解元，掩口而笑。须臾船过，解元神荡魂摇”。这种“独与余兮目成”的男女之间的微妙感觉，最难描画。反正这一见钟情之后，唐解元就不曾回过自己家，直接跟去无锡做了人家的奴仆，只为了找机会亲近青衣小鬟。接下来的情节，无惊无险。他初进府，就因仪表出众、谈吐不俗、写得一手好字等原因，被安排为公子的伴读。他所要求的条件就是：“待后老爷中意时，赏一房好媳妇足矣。”

被改名为“华安”的唐伯虎，充分发挥自己的文学才干，获得了主人的赏识。文中闲笔，不忘说明一个细节——“学士见其手腕如玉，但左手有枝指”。对这个独特的生理特征的交代并非闲笔，而是以后情节的伏笔。学士主动要为华安娶妇。华安提出就从府中选一个。学士和夫人皆愿意成全，就尽出府中丫鬟，任他择选。不出所料，他就挑中了秋香。

新婚之夜，秋香觉得华安面熟，就询问何处曾相会。华安却说：“小娘子自去思想。”过了几天，秋香自己想起来了：“向日阊门游船中看见的可就是你？”于是，华安这才解释自己屈身为奴的原因：“吾为小娘子傍舟一笑，不能忘情，所以从权相就。”秋香道：“妾昔见诸少年拥君，出素扇纷求书画，君一概不理，倚窗酌酒，旁若无人。妾知君非凡品，故一笑耳。”

陈玄超的秋香笑话其穿衣轻佻，是嘲笑；唐伯虎的秋香笑其倜傥不俗，是欣赏。这直接把唐伯虎的秋香拔高到了红拂、卓文君慧眼识君的高度。

唐寅当天不说明，而是故意延迟几天，似乎在考验女方的才情能否和容貌一致。此处，可以揣想一下，倘若秋香徒有其貌，没有才情，对于唐寅根本没什么爱慕仰慕，那该多乏味啊。无论如何，秋香都得既有容貌，又有才智，所以她必须要记得第一次于阊门水路上的相遇。如此处理，方可见不仅唐伯虎有心，秋香也有意，才子佳人两相投契。双方剖白心思，明了情意，才可连夜私奔，往唐寅老家苏州去了。

后来，老学士亲自登门去验证华安与唐寅的关系，一连串对话引人发笑，更引出秋香相见。故事发展到这里，我们也知道唐解元辛辛苦苦追到手的秋香，名分也只是个小妾而已。美好的爱情故事背后，都是经不起直视的现实。

最后一个疑问，有妇之夫唐寅要得到人家的婢女，有没有常规一点儿的办法？婚姻是最讲究门当户对的，就算他没有结婚，也不能上门提亲，因为主奴身份不同，不能乱了尊卑秩序。如果直接索要呢？也不成。婢女就是奴隶，属于主人家的财产，直接要人家的婢女，跟直接要人家的钱一样，都是很无礼的。美妾换骏马，被认为是双赢的买卖，以唐寅的身份，只要出得起相应的价钱或者物品，估计会如愿。可是，他和华府主人又没啥交情，得不到人家的馈赠，也没机会做买卖交换。思来想去，正当的途径都无法达成目的，他就想出了这样一步棋，还是仓促之间，一天之内完成身份转换。这样的举止，的确够风流，够出格。

从读者的阅读心理来看，大家也喜欢高手隐姓埋名、一朝风云变幻的痛快劲儿。只为美人一笑，就不惜自辱身份，忍耐数月乃至整年，冲破世俗条条框框，最终抱得美人归。这个追求的过程，很像一出行为艺术，是艺术家唐寅为爱而设计的献身表演，隐姓埋名逐渐达成目的。他很享受作为大情圣的痴情表演，以至于当华员外登门拜访，意欲探究真相的时候，他仍然在表演，先是唯唯诺诺不置可否，故意布置迷魂阵，又故意让小妾珠翠遮脸出来拜见，大概就是等着看华员外的一脸惊诧吧。

《警世通言·杜十娘怒沉百宝箱》（据明天启金陵兼善堂刊本《警世通言》插图）

宋代的果儿们

——众名姬春风吊柳七

在人类既往的文明史上，创造艺术品的男性多于女性，而崇拜艺术的人群中，女性的数量丝毫不亚于男性，甚至还更可观。贵族沙龙里的夫人们常常是艺术家的恩主和保护者。随着艺术教育普及力度的加大，以及人们的贫富差距、等级差距进一步缩小，对于艺术家的爱戴甚至追逐，从高贵的沙龙普及到了民间。欧美摇滚圈里，曾经有一群女粉丝，被称作骨肉皮（groupie，该词有性别歧视，慎用）。她们专门追随摇滚歌手，不仅仅是歌迷那种精神支持和金钱支持，除了花钱、花时间，还热衷于和歌手们发生肉体关系。在当今中国，这类疯狂粉丝被称为“果儿”。

多数艺术家不高不帅也不富，何以令女人狂热？或许，他们出色的艺术才能，也是一种发现心灵、表达精神的力量，诸多女性重视这方面的才情——不管自己有没有。她们喜欢自我抬高，在现实当中创造出一个又一个幻梦，满足自己不落凡俗的愿望。对艺术以及艺术家的认可、爱慕、追随，其实也是某些女性自恋自怜情结的反映。

《众名姬春风吊柳七》里的女人们，大有“果儿”的风范。果儿追逐摇滚歌手，名妓爱慕词人。如果这歌手、词人是落魄的才子，才华令人倾倒，落魄令人痛心，女粉丝们多半也母性发作，情愿倒贴养这才子。

柳永，北宋著名词人，原名柳三变，字景庄，家居福建，官宦子弟。早年来到北宋的都城汴梁，求取功名，结果生性爱玩，流连于花街柳巷，写写小词，颇受欢迎，连皇帝的后宫里都整天唱他的作品。据说他词中“忍把浮名，换了浅斟低唱”的轻狂话，惹怒了皇帝。他参加进士考试，本来够得上及第的标准，但是放榜之前，皇帝审查名单时说：“此人花前月下，好去浅斟低唱，何要浮名？且填词去。”（《能改斋漫录》）天子金口玉言，这就把柳三变黜落了。归根结底，还是柳三变的词太受欢迎，如果他没那么有名，皇帝也没听过他的通俗小调，也不至于如此吧。谁能想到，好事反变成了坏事。

柳三变落榜之后，自称“奉旨填词柳三变”，更加放浪形骸，在青楼妓馆当中讨生活，成为职业词人，乐工歌伎得到新曲新调，都热衷于请柳永填词。而他所写的小词通俗婉约，与新腔新调配合，十分美感，极受欢迎，“凡有井水饮处，皆能歌柳词”，其风头大大超过今天的词作者。他也以此为生，浪荡了半生，直到晚年，改名柳永，字耆卿，方才进入仕途，做了几任芝麻绿豆官，最后的官职是屯田员外郎，晚年流落死于江南。如此说来，他是长于体制内，后来跑出体制外，最终又回到体制内，算不得时代真正的叛逆。

以上是文学史告诉我们的事实。至于他在秦楼楚馆中究竟是何面目，就有赖于野史小说了。

《众名姬春风吊柳七》脱胎于宋话本《柳耆卿诗酒玩江楼》。宋话本当中的柳永即柳七官人，其行径完全就是个流氓。他看上了名妓月仙，而月仙自有心上人黄员外，拒绝了柳官人求欢。柳七居然买通了舟人，令其强暴搭夜船的月仙，然后，再用此事令月仙羞惭，从而乖乖顺从自己。这就是故事主干。如此流氓行径，怎能和名满天下的才子词人相称？而且，同一篇文章里，前面一个劲儿地铺排他如何多情，如何受欢迎，后面却用大篇幅描写他卑鄙算计一个妓女，实在是自相矛盾，算不得什么好文章。

于是，冯梦龙对这篇宋话本进行了改写，收入《喻世明言》。重新塑造的柳永形象完整统一，气质提升，成了被同情、被宠爱的对象。周月仙的故事只是其中一小段，同样有助于成就柳永的光辉形象。陷害侮辱周月仙的另有其人，柳永作为县宰，热心体贴，帮助月仙和心上人终成眷属。

另外，宋话本《柳耆卿诗酒玩江楼》中还有一些低级错误，比如把南唐后主李煜著名的词作《虞美人》（春花秋月何时了），当成柳永作品。对于大文人冯梦龙来说，是可忍孰不可忍，《众名姬春风吊柳七》中把这些硬伤都修改掉了，还酌情补充了几首柳永的词，与故事情节相互映衬。

在《众名姬春风吊柳七》中，柳永“丰姿洒落，人才出众，琴、棋、书、画，无所不通；至于吟诗作赋，尤其本等”，自始至终都得到妓女们的爱戴甚至宠爱，“真个是朝朝楚馆，夜夜秦楼。内中有三个出名上等的行首，往来尤密……这三个行首，赔着自己钱财，争养柳七官人”。宋代作词兴盛，词人争相涌现，像柳永这等形象这等本事的人一点儿都不少，为何单单写柳永受欢迎？根据文中描述，他音律精通，词家独步，又不去攀附权贵，“缙绅之门，绝不去走；文字之交，也没有人”，天天就是在花街柳巷里。他根本不是在玩弄女性，而是成了女人们的宠物。她们的爱心在词人身上得到了回应，词人为她们写作美丽的句子，赞颂她们的美貌和多情。她们获得了体贴和尊重，而且在词人这里，她们心理上是平等的。能有这种感觉，难道不珍贵？

就当时社会来说，妓女是最下贱的，不仅被侮辱被伤害，还要背负骂名。如电视剧《大宅门》里嫁作白景琦妾的杨九红，并没有过上如愿的生活，反而时时被揭伤疤，连亲生女儿都不认这个当过窑姐的亲娘。普通女子可以在丈夫、情人那里获得体贴尊重和平等相待的权利；妓女只是被玩弄的对象，即使遇到一两个人，发生些情感，也只如露水易干。

为了说明柳永对妓女们的钟爱，又专门设计出一个谢玉英。柳永去余杭上任，路过江州，微服私访名妓谢玉英，恰好看到玉英收录的柳词，而且她对于柳词的欣赏又异常深刻。柳永面对这样一位知己，自然是情不自禁。于是双方山盟海誓，约定后期。柳永的名作《玉女摇仙佩》（飞琼伴侣）就被安排到此处，成为专门为谢玉英所写之作。我们也来欣赏一下词人的佳作吧。

玉女摇仙佩

飞琼伴侣，偶别珠宫，未返神仙行缀。取次梳妆，寻常言语，有得几多姝丽？拟把名花比。恐旁人笑我，谈何容易。细思算，奇葩艳卉，惟是深红浅白而已。争如这多情，占得人间，千娇百媚。

须信画堂绣阁，皓月清风，忍把光阴轻弃。自古及今，佳人才子，少得当年双美。且恁相偎倚。未消得，怜我多才多艺。愿奶奶，兰心蕙性，枕前言下，表余深意。为盟誓。今生断不孤鸳被。

这首词完全口语化，赞扬美人之千娇百媚，如仙女下凡，想用名花来比拟她，可是所有的花都不足以形容她的美丽，她实在是占尽了人间的风光。下阕就是描写两个人的情深义重，皓月清风的良辰美景，才子佳人相伴，一个多才多艺，一个兰心蕙性，互相怜惜，实在是双美。

告辞了江州的谢玉英，柳永到余杭任县宰。又接着写柳永为官之清正、称职，还特意说明他对妓女们的保护，只要官司争讼当中涉及妓女，就不批准立案。然后，周月仙之事，作为支线情节，就成为这种保护和偏袒的详细注解，而且完全是为了展示柳永多情、清正等优良品质服务的。

在这段故事中，原本《柳耆卿诗酒玩江楼》中柳耆卿所做的下流事，都安到刘二员外头上了。月仙与黄秀才情投意合，刘二员外设计奸骗月仙，胁迫她顺从自己。原版本中的流氓才子柳耆卿，在《众名姬春风吊柳七》中成为怜香惜玉的县老爷，他替月仙赎身，使其脱离乐籍并嫁给黄秀才，一对有情人终成眷属。

柳永的品质充分展现之后，故事又回归主线。柳永余杭任满回京，途经江州。此时谢玉英空等了一年，财务状况窘迫，同时她怀疑柳永爽约，于是又开始接客。柳永寻访谢玉英不遇，责怪她没有忠贞地等候自己，留下了一篇词作《击梧桐》，其中写道："近日重来，空房而已，苦没叨叨言语。便认得听人教当，拟把前言轻负。见说兰台宋玉，多才多艺善词赋。试与问，朝朝暮暮，行云何处去？"这首词其实不知道是为谁而写，但是用在这个场景当中，表现一腔的牢骚埋怨，委实正好。

没了谢玉英，他还有的是名妓朋友，回到汴梁之后，便把老相好们都拜会到，依旧是秦楼楚馆的常客。又因为填词，他得罪了当朝宰相，还被宰相在皇帝跟前进谗言，干脆从此改名柳三变。

前面说了，冯梦龙对柳永的故事进行了大幅度更改，以塑造风流词人、多情才子的形象，还把词作进行了辨正。但是，有一点，他却好像是有意疏漏的。柳永的本名是柳三变，字景庄；后改名柳永，字耆卿。前半生遭遇坎坷，改名之后方才进入仕途。但是《众名姬春风吊柳七》当中，冯梦龙却把先后次序弄颠倒了，让他初名永，字耆卿，"奉旨填词"后才改成柳三变；而且写他做官之后再被黜落，这也是明显不符合史实。冯梦龙熟读经史子集，不会不知道真实的柳永情形，不知为何如此安排？莫非是“柳三变”之名，更有喜剧性和戏剧性？莫非是做官之后又因词得罪，更让人同情？这样的更改，使得柳永形象更具有叛逆性。他成了一个最初在体制内，最终却被斥逐出体制的人，以放旷不检的姿态，表达着对世界的嘲讽，从而与体制彻底决裂。

柳永的去世，也很明显是冯梦龙的有意设计，借鉴了有关唐代诗人李贺的传说。李贺青年夭折，据说是天帝造成白玉楼，专门请李贺上天写《白玉楼记》。李贺临终之际，家人都听到了车马辚辚之声。在冯梦龙的笔下，柳永则是梦见玉帝的《霓裳羽衣曲》要换新声，请他上天担此重任。在人间落魄，才华不为世用，却能去天上施展，也算得一个安慰了。

柳永的丧葬事宜，全部由妓女们打理，“只见一片缟素，满城妓家，无一人不到，哀声震地”。这番奇特而难得的场面，让送葬的官僚们惭愧而退。

妓女们还自发形成了一个风俗，即每年清明时节凭吊柳七，称作上风流冢。柳永的一切，从始至终，都离不开妓女们的帮扶陪衬，她们是他的铁杆粉丝，她们宠着他，养着他，不要他负任何责任，反而还替他分担忧愁。才子做到如此地步，可真是难得。

人生得一知己足矣

——俞伯牙摔琴谢知音

夫妻会离婚，情人会分手，好朋友却是一辈子的交情。说得极端一点儿，我们可以没有配偶，也不能没有朋友。朋友又有好多种，君子之交、点头之交、知己之交……知己之交，可以做最好的搭档。因为只有他最了解你的行为和心理。《庄子·杂篇·徐无鬼》当中讲了一则寓言，说是有人在鼻子上涂了点白灰，薄得跟苍蝇翅膀一样。石匠拿起斧子，唰地一下砍过去，把那人鼻子上的白灰砍掉，鼻子丝毫无伤。国君听说了，特意召来这石匠，要求当面表演一下。石匠说："我确实能砍鼻子上的白灰，可惜，敢让我砍的那个人死了。"他只能在那个人的鼻子上表演，至于别人，没办法和他配合。庄子用这个寓言，形容他和惠子的友谊，说明两个人智慧的互相激发。

我们有了朋友，尤其是知己，就会觉得心灵不孤独。人是群体动物，即便是最离群索居的人，也不能完全脱离人类社会。更多貌似孤独甚至孤僻的人，其实是在等待一个最合拍的人，只是有人不够幸运，没有等来而已。

《俞伯牙摔琴谢知音》开头就对朋友进行了阐发，"恩德相结者，谓之知己；腹心相照者，谓之知心；声气相求者，谓之知音，总来叫做相知”。

春秋战国时期的俞伯牙是楚国人，做了晋国大夫，出使故乡楚国返程之时，特意走水路，饱览山河美景。此处的描写非常美：“张一片风帆，凌千层碧浪，看不尽遥山叠翠，远水澄清。”八月十五中秋之夜，泊船汉阳江口，“风恬浪静，雨止云开，现出一轮明月。那雨后之月，其光倍常”。

如此良辰美景，伯牙令童子焚香，然后开囊取琴，弹奏一曲。

古人特别重视音律，认为“大乐与天地同和”（《礼记》），也就是说真正的音乐是与天地相和谐的。不同的季节、天气、心情甚至座上客，都会影响到操琴者的心声，发之于琴弦，也有不同的音色和韵味。

伯牙曾经跟着成连学琴，学了三年都没有什么成就。成连认为伯牙没能收敛精神，就把他带到东海的蓬莱山，说自己的老师就在东海中，让他在此等候。然后，成连乘船而去。伯牙独处山上，等了好些天，也没有等到人，原本焦躁的心却慢慢平静下来，听到了海上的波涛声，山林里群鸟的鸣叫声，他忽然明白了老师的用心，原来是特意带他到此处，转变性情，培养更好的感觉。一旦悟到这个道理，他豁然开朗，于是摆好琴，对着山海高歌低吟，真正理解了琴之妙趣，从此成为高手。

弹琴有一种仪式感，仿佛是与天地自然进行对话，尤其适合山水之间、竹林深处等清雅所在。唐代王维《竹里馆》诗曰：“独坐幽篁里，弹琴复长啸。深林人不知，明月来相照。”就是对弹琴情境的绝妙写照。

再说伯牙，在汉阳江口明月之下弹琴，琴弦突然断了一根。他立刻想到是有人在偷偷听琴。到底是谁在偷听呢？未见其人，先闻其声，听琴人出言不俗，还把伯牙方才所弹曲子的词给念了出来。等到他露面站出来，原来却只是个布衣樵夫。他这形象根本就不能登大雅之堂，怎么可能理解琴中之意？

伯牙连连出题，仿佛要给这山野樵夫一个下马威，免得他自我感觉良好。第一道题是琴的历史，子期侃侃而谈，我等读者也跟着长了见识。第二道题可谓听琴辨心。伯牙其意在于高山，然后抚琴，子期就赞叹道："美哉洋洋乎，大人之意，在高山也！"伯牙故意不予置评，又凝神于流水而抚琴，子期赞叹道："美哉汤汤乎，志在流水！"

相对来讲，古琴的演奏手法有些随意，长短轻重都可以随心而动，"手挥五弦，目送飞鸿"。陶渊明甚至曾经抚无弦琴，琴上无弦，还弹个什么劲儿啊？可见，就是要那种意境而已。伯牙曾经在海山之上领略自然意境，从而悟到琴之妙趣。弹者的心胸意趣，自然会影响到手下的琴曲。

伯牙可以弹出意境，子期则可以听出意境，说明子期在琴上的领悟力已经达到了伯牙的高度。作为一介樵夫，他如何习得这本领呢？后文子期的父亲说："老夫幼年也颇习。"说明子期的父亲会弹琴，子期肯定是随父学习，除了这点儿家学也没有别的来源。至于周围的乡亲们，都是些蒙昧之人，伯牙在子期坟前挥泪抚琴，他们竟然以为是取乐，鼓掌大笑而散。

生长在这样的环境之中，子期难免有寂寞之感，无意中邂逅高人伯牙，他肯定是既喜悦又敬重。故伯牙建议他求取功名，他虽然口中推辞，归家之后，仍然买书攻读，而且是"旦则采樵负重，暮则诵读辛勤"。如此辛苦，可以想象他的动力来源：一方面是在这样的环境之中，结识一位高雅、有身份的朋友实在是太难了，与伯牙成为兄弟真是幸运，为了来年中秋之约，为了让伯牙继续赏识，他乐意勤学苦读；另一方面，伯牙所说的出仕之路，对于他也是个鼓舞，不妨先准备起来。谁料想积劳成疾，居然一命呜呼，足可见其用功之勤苦。

两人友谊的基础，就是互相理解。能理解琴声的意蕴，就等于理解了操琴人的心胸。伯牙见多识广，也没有遇到过如此投契之人，当然深深为之感动。所以离别之后，伯牙念念不忘，第二年如约而至。

两个人没有什么恩德相结，除了琴别无话题，却声气相求，在精神层面深深契合了，是真正的知音。“高山流水”也成为知音的代名词。

对琴的领悟的层次，一种是听琴声，得知弹琴者的心绪；一种是通过亲自弹奏琴曲，体悟作曲者的形象和风格。

听琴的人，可以听出琴声里面的异常，这是可以理解的。比如弹琴人的心绪一定会影响到弹琴的手法，乐曲的高低、抑扬、轻重等都可以反映弹琴人的心情。

伯牙就讲了一个孔夫子鼓琴，颜回听出贪杀之意的故事，原来是夫子弹琴时看见猫捕鼠，为猫患得患失所致。汉代著名文人蔡邕的轶事有异曲同工之妙。蔡邕精通音律，某天邻居邀请他去做客。他到了主人家门口，刚好听到某位客人的弹琴声，就驻足门外，侧耳倾听，结果大吃一惊——怎么琴声中有杀气？于是扭头就走了。后来主人询问蔡邕离去的原因，蔡邕实情以告。操琴者说弹奏之时，看到螳螂捕蝉，担心螳螂失手，这就是杀心吧，不知不觉反映到琴声里，被妙解音律的蔡邕听出了异样。

琴有君子之风，善于弹琴者都是高雅之士，能够听懂琴声的，也一定是高雅聪明的人士。如孔子在齐国闻《韶》乐，三月不知肉味，对琴声的沉醉，远超常人。孔子曾经跟从鲁国的师襄学习弹琴。他反复练习一首曲子，师襄认为他的技巧已经很熟练了，他还是不停地琢磨，终有所得，从琴曲中体悟到了曲作者的形象：“邈然远望，洋洋乎！翼翼乎！必作此乐也，默然思，戚然而怅，以王天下，以朝诸侯者，其惟文王乎？”也就是说，气度不凡，高瞻远瞩，沉思静默，为诸侯的领袖，必是周文王。师襄闻言也恍然大悟，想起此曲就是《文王操》。而孔子又进一步解释，琴曲所反映的人的品质：“夫仁者好伟，和者好粉，智者好弹，有殷勤之意者好丽。丘是以知文王之操也。”文王正是一位仁者。

元代王实甫所作杂剧《西厢记》，有一幕是张生弹琴，莺莺夜听，“令他人耳聪，诉自己情衷。知音者芳心自懂，感怀者断肠悲痛”。这种惺惺相惜，也是听懂琴韵的好例子。

琴作为双向的沟通媒介，堪称《俞伯牙摔琴谢知音》的主角。

琴之通灵，往往在人的知觉之前。如伯牙舟上抚琴，“曲犹未终，指下‘刮刺’的一声响，琴弦断了一根”，伯牙大惊，才知道有人在偷听。伯牙、子期第一次会面时，话题全部围绕着琴。而第二年伯牙候子期不至，在船上焚香设座，开始操琴，意欲让琴声引挚友来临，谁知道“调弦转轸，才泛音律，商弦中有哀怨之声”，是手下的琴又一次提醒了伯牙事态有异。及至坐在子期坟前，“挥泪两行，抚琴一操”之后，伯牙做出了惊人之举，而故事真正的主角——琴，就迎来了自己壮烈的结局，伯牙“割断琴弦，双手举琴，向祭石台上，用力一摔，摔得玉珍抛残，金徽零乱”。

轻重缓急的手法，明暗抑扬的音色，在不同人的弹奏之下，同一张琴会显现出不同的魅力。琴本是无情无感之物，不同的弹琴者赋予了琴以不同的生命，弹琴者对琴的热爱不亚于对自我的重视。伯牙摔碎心爱的瑶琴，是对子期的祭奠，也是寂寞之心无以安抚的巨大哀痛。

《警世通言·钱舍人题诗燕子楼》（据明天启金陵兼善堂刊本《警世通言》插图）

兄弟胜手足

—— 羊角哀舍命全交

春秋时期羊角哀和左伯桃的故事，在今天的人看来，有点儿匪夷所思。这篇文章又叫“羊角哀一死战荆轲”。荆轲，大家都知道，谁不会念“风萧萧兮易水寒，壮士一去兮不复还”呢？谁不知道这行刺秦王嬴政的勇士呢？羊角哀何许人也，怎么和荆轲有了瓜葛，而且是鬼魂的争斗，死而后战？这里面显然有时代的错乱。荆轲死于战国末期，不会和春秋时代的人有甚瓜葛。除却这个历史错误，看情节还是很有意思的。

大幕拉开，左伯桃从西羌积石山（今甘肃境内）出发，迤逦而行，不远千里，要到楚国去，响应楚王招贤纳士之举。路过雍地（今河南境内），正是隆冬天气，又风雨交加，苦不堪言，他要找个人家投宿。竹林当中，有一间草屋，柴门破窗，室内仅有一榻，榻上堆积了不少书卷——想想故事的时间背景是春秋时期，这成堆的应该是竹木简吧。这样的环境，暗示了主人品行之高洁。羊角哀和左伯桃一见如故，都是读书人，胸怀大志，故说话非常投机。“当夜，二人抵足而眠，共话胸中学问，终夕不寐。”因为下雨老天留客，左伯桃在羊角哀家一连住了三天，两人结拜为兄弟。在左伯桃的建议下，羊角哀也一同出发前往楚国，寻求入仕的门径。

这两个人都无牵无挂，父母双亡，没有妻室，一人吃饱全家不饿。这种状态也决定了他们在这个世界上的冒险，没有太多牵挂。冒险故事的主角都是没有父母的，比如说哈利·波特和伏地魔。父母在，不远游，没有父母，简直都可以上天入地了。

羊角哀和左伯桃互相信重，正是因为这种境况的相似，两个人都从对方身上看到了自己的影子。阴雨成了故事推进的重要因素，没有雨，左伯桃不会着急投宿。没有连阴雨，他也不会留宿三天，进而促成了两人的友情，从而结伴前行。现在行进途中又遇到雨，雨未止，“风又大作，变为一天大雪”。

大雪，山路，两个人衣裳单薄，又缺少干粮。左伯桃率先问：“贤弟心下如何？”文章作得好，就好在体贴人情，毕竟是他劝说人家出来的，遇到这种恶劣的情况，心中自然歉疚。倘若是羊角哀先发问，必定是内心已经动摇，左伯桃的回答必然是劝说他回去。现在是左伯桃先发问，既有试探之意，也有内疚之情。羊角哀说：“自古道死生有命。既然到此，只顾前进，休生退悔。”

可以说，继续前行，是两个人共同的决定。

其后的长篇对话以及两个人的举动，对于塑造人物形象非常重要，尤其是左伯桃的形象。

左伯桃首先提出，与其两个人受冻饿死，不如他把衣服、粮食都让给羊角哀。论身体，他年长体弱，羊角哀年轻体壮；论学识，他认为羊角哀在己之上。这些因素是偏重于客观立场的，毕竟身体好坏、学问高低，比较起来一目了然。还有偏主观立场的感情因素，他跋涉千里，风餐露宿，在寒冬风雨走投无路之时，得到羊角哀简朴而热情的接待；还有两人境况的无比相似，都引发了他内心深处的感激之情和亲情。与其说他因为自己不如羊角哀而成全对方，不如说是为了圆满自己的感情，而道义相偿。

左伯桃第一次提出这个方案时，羊角哀自然不允许。此时左伯桃意愿已坚，所以故意设计，先是在仅容一人的枯桑中避雪，打发羊角哀去取柴火，然后趁这个机会把自己的衣服全部脱下。羊角哀再次拒绝时，他不惜以跳水寻死来相逼。整个过程中，“伯桃神色已变，四肢厥冷，口不能言”，描写非常真切。此时，羊角哀才痛下决心离开，也符合情理。

羊角哀不负期望，果然获得楚王赏识，被赏赐官爵财物。楚王获悉左伯桃的义举，追赠官职，赏赐葬资。

羊角哀尽心尽力地操持左伯桃的安葬事宜。古人重生厚死，丧礼是最重要的礼仪。生前没有光荣，死后能得到官职，并且被风光下葬，同样是值得庆幸之事。

“三言二拍”当中，人死了变鬼，这已经成为共识。但是，变成鬼之后，就各有各的表现了。这篇故事，就提供了鬼魂的另一种可能。

左伯桃阴魂与荆轲的阴魂相互争斗，缘起于左伯桃的坟墓占据上首位置，夺了荆轲的风水。荆轲，勇武刚强之人，死亦为鬼雄，对此不能容忍。按照实际年代，荆轲不应该死在左伯桃之前，两个人相差了至少三百年。但是，为了小说情节的发展，本文需要一个刚勇的知名的鬼魂，于是作者在春秋战国找了找，觉得荆轲比较合适，就把他拉来了，还把他的铁哥们儿高渐离也拉来了，让其继续助阵荆轲。于是，为了小说需要，荆轲、高渐离提前出生，提前死亡，连带着改写了刺秦王的时间表。

左伯桃的性格，是比较隐忍的，能够顾全大局，不与人斗气。如他和荆轲之争，从一开始就是要求“改葬于他处”，不希望和荆轲正面冲突，宁可自己忍让。

但是，羊角哀分明更加刚烈强硬，第一次是去荆轲庙里骂神像，痛快淋漓，并且威胁说：“再如此，吾当毁其庙，而发其冢，永绝汝之根本！”第二次，应左伯桃请求，扎了很多草兵助阵。但是，两次都没能打压荆轲的气焰，左伯桃继续被欺负。

羊角哀气愤至极，又去荆轲庙骂，打毁神像，还要放火烧庙。但是此地的乡亲不允许。羊角哀此时已经无计可施，又怒发冲冠，热血沸腾，居然自刎而死，化为鬼魂，去帮助左伯桃对抗荆轲。“是夜二更，风雨大作，雷电交加，喊杀之声，闻数十里。清晓视之，荆轲墓上，震烈如发，白骨散于墓前。墓边松柏，和根拔起。庙中忽然起火，烧做白地。”

左伯桃、羊角哀虽然是两个书生，但是先秦时代尚武，他们应该有些力气。荆轲是个专业剑客，高渐离是个击筑的盲人。再加上双方的草人纸马，这么综合比较一下，双方战斗力差不多。只不过，双方士气有高低。荆轲虽然曾经是义士，但这场争斗纯粹是为了私利，羊角哀则舍生取义，为了自己的好兄弟兼救命恩人搏命，这付出的程度是不一样的。所以，羊角哀胜出。

当时，羊角哀已经相当富贵，完全有能力为左伯桃迁葬，为何非要和荆轲过不去呢？

这个故事，虽然是明代人所写，但是把春秋战国时期的高贵、刚勇精神给写了出来。在那个时代，人格价值超越一切，金钱、官爵等都是身外之物。

如鲁仲连以一己之力退了秦兵，解了赵国之围，却不要平原君的千金馈谢，飘然远遁；侯嬴为酬答信陵君的知己之义而自刭身亡；程婴为解救赵氏孤儿，不惜献出自己的亲生儿子……不仅男人，女人也同样义气，如刺客聂政的姐姐在弟弟死后，不惧威胁，为弟扬名……《左传》《战国策》《史记》等史书上记载的此类故事太多了。他们可以轻富贵、贱黄金、弃生命，只为了道义和名誉。对羊角哀之所为，也应该如此理解。

信用的价值

——范巨卿鸡黍死生交

和一个朋友约好了来年重阳节相聚，结果第二年直到重阳节当天才想起来，怎么办？如果时隔一年未见，友情已转淡，多数人也就顺势淡去了。谁还记得去年今日的一个普通的承诺呢？即便记得，你还愿意去实践吗？即便实践，你又愿意付出多大代价呢？

故事发生在东汉明帝时期，汝南人张劭到京城洛阳赶考，在旅店中，遇到生病垂死的范巨卿。范巨卿是楚州人，也赴洛阳应举，不料途中病倒。虽然素昧平生，张劭却竭力救助。等到范巨卿康复，考试的日期也给耽误过去了。两人遂结拜为兄弟，相处半年之后，各自回乡。离别之际，两人约定：来年重阳佳节，范巨卿去拜访张劭。

重阳节到了，张劭一家人隆重准备，好招待范巨卿。尤其是张劭，欢欣踊跃，故事中较大篇幅都在描写他的活动。

为了重阳聚会，张劭预先畜养了肥鸡一只，美酒也恰好酿成。张劭家里只有三口人——母亲和他们兄弟俩，所以张劭事事亲为。且看他如何忙碌——当天早晨，张劭早早起床，洒扫草堂，摆设桌椅，还特意把范巨卿的座位设在自己母亲旁边，以示重视；瓶里插好新鲜绽放的菊花，燃起清雅宜人的香；又招呼弟弟杀鸡做饭。

母亲说等客人来了再杀鸡也不迟。张劭却说巨卿是信义之士，一定不会爽约。

张劭先是站在庄门口张望，等到中午不见人，听得前村犬吠，又跑去张望，来来回回六七趟，直等到夕阳西下，月亮都出来了，仍不见人来。母亲让弟弟叫他回家吃晚饭，他坚持要等下去。

就这样，一直“候至更深，各自歇息。劭倚门如醉如痴，风吹草木之声，莫是范来，皆自惊讶”。三更时分，果真等来了范巨卿。他又是一连串的动作，“再拜踊跃而大喜”，“指座榻”，“笑容满面”，“再拜于地”，“又拜”，“自奔入厨下，取鸡黍并酒”，“再拜”，还要把已经熟睡的老母和弟弟叫起来，可见欢喜极了，不知道如何是好。

与张劭的热情洋溢相比，好不容易等来的范巨卿却处处躲避，行踪飘忽，举止异常。原来这不是个生人，而是个死去的阴魂。听清楚了原委，张劭高昂的兴致，被兜头一瓢冷水浇熄，“放声大哭”，“昏倒于地”。

范巨卿为了及时赴约，不惜自杀，魂飘千里。张劭决定去料理他的丧葬事宜，向母亲、弟弟辞行的时候，也下了必死的决心：“劭于国不能尽忠，于家不能尽孝，徒生于天地之间耳。今当辞去，以全大信。”他果然自刎在范巨卿的墓穴边，以酬报范巨卿不负鸡黍之约的诚信。

常言道人命关天，这鸡黍之约又不是什么十万火急的军情，重阳节错过了，也可以重阳节后再见，有何不可？何必一定要在当天赶到？仅仅为了这个喝酒吃饭的约定，搭上两条性命，在今天看来，实在是匪夷所思，全因为我们已经不能理解“舍生取义、杀身成仁”的含义了。

《孟子·告子上》中有段著名的话：“鱼，我所欲也；熊掌，亦我所欲也。二者不可得兼，舍鱼而取熊掌者也。生，亦我所欲也；

义，亦我所欲也。二者不可得兼，舍生而取义者也。生亦我所欲，所欲有甚于生者，故不为苟得也；死亦我所恶，所恶有甚于死者，故患有所不辟也。如使人之所欲莫甚于生，则凡可以得生者何不用也？”

这段话的意思是，两者都想要的时候，就要有个区分，有个轻重高下。想保全生命，想要道义，宁可舍弃生命，也要保住道义。生命虽然是我想要的，但是还有比生命更重要的，所以不会苟且偷生。死亡是我厌恶的，但是还有比死亡更令我厌恶的，所以即使面临死亡的威胁，也不会躲避。如果人人所想要的莫过于生命，只要可以活命，什么干不出来？——那就是为了目的不择手段了。

人生在世，衣冠礼貌，文质彬彬，与禽兽的区分不是外表的包装，而是独属于人类的道德、伦理、美。就如文中所说“仁、义、礼、智、信”这五常，即人的五种最基本的德行。人无信不立，我们应该重视信用的价值。

范巨卿、张劭只是两个普通人，没有任何耀眼的功绩可言，按照常理，他们的生与死也只如蝼蚁，默默地来到这个世间，又默默地离去，连亲人的怀念都不会太长久。但是，他们在彼此诚信方面，确立了自己的人生价值。在做出赴死决定的时候，他们是高尚的。这种高尚感亦是一种成就感，使凡俗的人生突然有了超越的意义。他们不再是生如蝼蚁的平凡人，而是道义的化身，短暂的生命因此以无形的形式获得了永恒。

《警世通言·唐解元出奇玩世》（据明天启金陵兼善堂刊本《警世通言》插图）

手谈姻缘

——小道人一着饶天下　女棋童两局注终身

在中国历史上的娱乐竞技项目中，围棋之高雅、复杂堪称首屈一指。可惜由于时代局限，历来女棋手少，下得好的更是罕见，成为传奇故事主角的几乎没有。

唐代围棋国手王积薪曾投宿于山间农家，这家人只有婆媳两个，各居一室。王积薪只能在屋檐下歇息。夜间，听到婆媳俩隔着墙下盲棋，技巧高妙无比。天亮之后，王积薪特意向她们请教，得到了指点，从此棋艺独步天下。这唐代山野中的无名农家女，居然是围棋高手，令人赞叹。

所以，本篇主角只“女棋童”这个称谓就赚足了眼球，再加上终身大事，居然由两局棋决定，不由人不好奇。

宋朝蔡州的少年周国能是个围棋天才，年龄渐长，想寻求一个才貌相当的好女子为妻。在家乡大吕村那小地方，根本没有合适的人选。于是，他扮成道士，游历天下，以棋会友，以棋赌胜，从故乡到都城汴梁，大开了眼界，他没有遇到对手，也没有遇到可意的佳人，于是决定一路向北，到达辽国国都。

看这番描写，扮成小道人的周国能俨然北宋第一国手。辽国的第一国手却是个女子，名叫妙观，专门设个棋肆，教授门徒。

妙观年轻美貌，颇有师道尊严，“妆模作样，尽自矜持，言笑不苟”。周国能对她一见钟情，心里像长了草，却装出一副没事的样子，旁观她指导徒弟下棋，一连看了几天。虽说观棋不语真君子，但是耐不住技痒，随口就指点几着，成功吸引了妙观的注意。

妙观的性格特征首先就是傲，因为傲而虚荣，在徒弟们面前摆足了架子，明知道无名小道士的指点高妙，却首先顾及自己的面子，“若再使他在此观看，形出我的短处，枉为人师，却不受人笑话”，干脆把他轰出去了。

小道人为赢得佳人开始布局。他故意在妙观的棋馆对面挂出牌子，口气极大：“奉饶天下最高手一先。”也就是说，围棋手谈之时，哪怕对方是天下第一高手，自己也让他先下一子。按照现在的国际惯例，围棋分黑白，执黑先行，最后统计胜负的时候，黑子要贴七目半。由此可见，先下一子的巨大优势，至少等于七目半。而高手相遇，输赢常在半目之间。虽然围棋的个别规则古今稍有差异，但基本的行棋路数是一致的，小道士开口就饶人一先，实在是艺高人胆大。

果然不出其所料，这狂妄的广告发挥了极好的宣传效果。众人皆是好事者，居然自行拿出利物，总共二百千钱，约小道士与妙观对弈，谁赢了谁就拿走全部的利物。众人就图个看热闹。

在舆论压力之下，妙观为了“天下第一”的名声不得不应战了。她已经先行派徒弟试探出了小道士的实力，知道自己不是对手，但是虚荣心作怪，不想输，得保住面子。

两个人在棋枰之外的交手才真正好看。

妙观先着一手，去找客店嬷嬷，条件是小道士输棋，她私下里奉送所有利物，再另外相赠五十千。

小道人听了嬷嬷传话，知道妙观上钩了，就开条件：甘心诈输，一文不取，但要女棋师半晌之欢；倘若不允许，棋上绝不容情。

妙观就像被捏住了七寸，一方面害怕输棋，一方面又气愤“叵耐这没廉耻的小弟子孩儿”，就交代嬷嬷含糊应答过去。

小道人得寸进尺，要求妙观当面相见并亲口许下。妙观果然与之相见，并亲口说：“若得周全，自当报德，决不有负足下。”小道人乐不可支，自以为得这女棋师如探囊取物。

这棋枰外的初次交手，达成交换协议。

正式对弈开始，小道士输一局赢一局，决胜的第三局，妙观心里有些着忙，生怕道人不肯相让，“频频以目传情”。于是，小道人又会意地输了半子。三局两胜，妙观如愿保住了自己的国手名声。

小道人一心盼望佳人来相会，谁知道赢棋之后，妙观翻脸不认账，她自恃朝廷册封，身份高贵，又行为清白，不肯随便委身于这野小子，坚持说原先所许的“自当重报”，就是拿钱物相报。

这第二次棋枰外交手，小道人吃了哑巴亏。

小道人的棋名在外，被王爷们邀约，又借机和妙观赌胜，“如小娘子得胜，就拿了小子的黄金去；若小子胜了，赢小娘子做个妻房”。妙观怯于诸王势力，又享盛名已久，虚荣心由不得躲避，虽然怕输，也只能勉强应战，结果连输两局。

于是，又有了两人棋枰外第三次交手。

小道士兴致高昂，托店家嬷嬷拿着钱物，择黄道吉日去妙观处下聘礼。妙观再次拒绝，认为前次对弈的赌约纯属戏言。她自幼无父母，由道姑养大，因为棋艺超群，才享有如今的名誉和钦敬，“今日身子虽是自家做得主的，却是上无尊长之命，下无媒妁之言，一时间凭着两局赌赛，偶尔亏输，便要认起真来，草草送了终身大事，岂不可羞”？

读到此处，方能看出妙观好面子、虚荣心强的根源，都是因为名誉来之不易，特别是她这样的孤儿，又是男尊女卑社会里的弱女子，好不容易拥有了现在的地位，怎么会不珍惜？猜想一下妙观的择婿标准，才艺、地位不可或缺，只怕地位还要高于才艺。再看小道士，毫无根基，更无社会地位可言，完全就是个混江湖的，棋下得再好，能管什么？而且慕色轻薄，也不适宜托付终身。

这边妙观一直拒绝，那边小道士却在一次次被拒之后，愈发强硬，直接告上衙门。在总管面前对质时，小道士周国能又做了重要让步——“情愿超籍在此，两下里相帮行教，不回故乡去了”。至此，妙观方才应允婚事。

在这场拉锯战中，小道士首先是慕其美色，要半晌之欢，被拒绝；继而拿婚约当赌注，妄图一胜而得，又被拒绝；待发觉这些都不灵之后，只好去告状，经官府宣判方才确定了婚姻。女棋童妙观在一次次的拒绝当中，表现出对自己的名誉和身体的爱惜。她的自重自爱其实在无意之中促进了周国能的成长，使之从漂泊浪子成长为棋学博士、御前供奉。倘若当初，她真的为了赢棋而出卖自己，周国能得手之后，只会把她看得很廉价。这进退取舍间的种种微妙，完全可以供今天的男女参考。

这篇《小道人一着饶天下　女棋童两局注终身》出自《二刻拍案惊奇》，就像大多数“二拍”里的故事一样，有性有欲有算计有说教，唯独欠缺摇曳多姿的真情。

喜剧版梁祝

——同窗友认假作真　女秀才移花接木

我国历史是一部男尊女卑史。女人的角色被定位成三从四德，分内职责是料理家庭，活动范围不出家门，无法参与社会活动，更不要说政治、军事之类的事务。这不是天生的自然的女人，而是被规范出来的逆来顺受的女人。于是，偶尔有胆识超群的女性，不甘于命运，假扮成男人，闯出一片天地，这样的故事就格外鼓舞人心。一千多年前的南北朝，产生了脍炙人口的《木兰诗》，木兰女扮男装替父从军而战功赫赫："脱我战时袍，著我旧时裳。当窗理云鬓，对镜帖花黄。出门看火伴，火伴皆惊忙：同行十二年，不知木兰是女郎。"民间极其喜爱这个故事。目前流传最广的是豫剧《花木兰》，一句唱词"谁说女子不如男"真是豪气干云。

女扮男装不仅可以习武，更可以学文。于是又有祝英台扮成男学生，与同学梁山伯友谊深厚。知道英台本为女娇娥，山伯更是动了真情。可惜，这天造地设的姻缘竟成了悲剧，山伯病死，英台殉情，只留下化蝶的传说，让人感叹。与梁祝悲剧相比，女扮男装的闻蜚娥却爱情、友情双丰收，上演了一出热闹的喜剧。

闻蜚娥的父亲是武官，位至参将，就镇守在家乡四川成都府绵竹县。虽然家中富厚，但是在平常人眼里，武人粗鲁缺少诗礼传统，武弁人家“必须得个子弟在黉门中出入，方能结交斯文士夫，不受人的欺侮”。蜚娥自幼学得一身好武艺，有心替父出头，就假扮成男孩，读书上进，居然做了秀才，真是文武全才。“盖是武官人家，秀才乃极难得的，从此参将与官府往来，添了个帮手，有好些气色。为此，内外大小却像忘记他是女儿一般的，凡事尽是他支持过去。”

闻蜚娥的男名是胜杰，表字俊卿。她有两个最要好的同学杜子中和魏撰之，其中，与杜子中更为投契，以至于杜子中常常抱怨两个男人无法婚配，倘若俊卿是女子，必定要娶她。说者无心，听者有意，俊卿也更喜欢杜子中，可是就择婿标准来说，这两位同学都相当合格。自己决定不了，她就委托天意了。

她在心中祝愿，这射出的一支竹箭，被谁捡到，谁就是自己命中注定的姻缘。故事偏有小波折。杜子中在学堂前捡到竹箭，正在看箭上字的时候，魏撰之抢着来看。此时杜子中又被家人叫走，之后，魏撰之才发现箭上另有小字“蜚娥记”。寻箭而来的闻俊卿误以为魏撰之是拾箭人，魏撰之也相信了俊卿对箭上题名的解释，以为俊卿果然有一个美貌巧艺的姐姐蜚娥。魏撰之以羊脂玉闹妆（一种饰品）为信物，托俊卿转交蜚娥，作为婚姻之约。

再说杜子中，他捡到箭也不以为怀，都忘记找魏撰之要了。

接下来是齐头并进的故事线索，乡试之期到了，闻俊卿伪称生病，没有参加考试，实际是怕果真考上，没办法一直装下去。魏撰之、杜子中双双乡试过关，考中举人，又准备参加京城里的会试。好朋友连连报捷的时候，父亲闻参将却遭人陷害，被关进监狱里。为了搭救父亲，闻俊卿决定进京诉冤。

她带着两个仆人，仍旧女扮男装，经成都府进京。不料，在成都府又结下了一桩婚约。

与景小姐的这出假凤虚凰戏，都是从闻俊卿的角度来写的。

她坐在酒店中，“正吃之间，只见那边窗里一个女子掩着半窗，对着闻俊卿不转眼的看。及至闻俊卿抬起眼来，那边又闪了进去。遮遮掩掩，只不走开。忽地打个照面，乃是个绝色佳人。……到得出去了半日，傍晚转来，俊卿刚得坐下，隔壁听见这里有人声，那个女子又在窗边看了”。

这位小姐既有闺阁女儿的羞涩，遮遮掩掩的，又颇有心计，那“忽地打个照面”，其实就是故意地大胆暴露一下，让对方也看清楚自己的花容月貌。

小姐先是偷窥，继而主动采取行动，派老姥给闻俊卿送水果。老姥就趁机把景小姐的家世以及不同寻常的择婚主张都讲给闻俊卿听。景小姐父母双亡，依靠外公，家境富足，广有财产。在婚姻问题上，外公也乐意听从外孙女的意见。所以，景小姐对于自己的终身大事颇有主见，也敢于自由行事。她派老姥送水果，那意图再明显不过了。第二天早上，老姥又奉命送来早餐点心，带走俊卿婉言拒绝的答谢诗。可是，在春心萌动的景小姐眼里，根本看不出推却之意，反而认为俊卿所写是一首含蓄的情诗，忍不住步韵唱和，又让老姥送回。

俊卿只好对老姥说自己已经有妻室。痴心的景小姐居然又让老姥打听清楚了俊卿未婚娶的底细，隔天就让外公来提亲。这下子闻俊卿推也推不掉，跑也跑不成，只好拿羊脂玉闹妆为定，心里想着就为杜子中下定了。

这景小姐追求所爱的确有勇气，也有眼力识别好人，可惜分不出女扮男装的人。

发展至此，两桩名义上的婚姻已经初定，竹箭、闹妆为约的闻蜚娥和魏撰之，闹妆为约的景小姐和杜子中。

闻俊卿赶到京城，此时杜子中、魏撰之已经会试及第，步入仕途。魏撰之牵挂与闻家姐姐的婚事，急急赶回故乡去了。杜子中得以和闻俊卿单独相处，同寝而居，从而识破她女扮男装的真相，又听闻俊卿讲述了竹箭之约。于是，同窗之谊为基础，射箭人和拾箭人的意愿巧合，正应天意，长久的互相喜爱几乎是瞬间升华成了炽烈的爱情，水到渠成，成就了夫妻之实。

此时，婚姻搭配就和当初所定不同了，闻蜚娥和杜子中已经成为事实夫妻，落单的魏撰之和落单的景小姐有撮合的可能吗？这个故事的主干其实就是两位才女找对象的过程，闻蜚娥的归宿已定，让读者放下心来。下面要关心的就是景小姐的命运。

至于闻参将出狱、魏撰之从杜子中处得知真相，都是必要的铺垫。

杜子中、闻蜚娥婚礼过后，立刻双双赶往成都，去为魏撰之说媒，以不辜负景小姐的期望。

景小姐初听说闻俊卿悔婚，非常不高兴。已经改换女装的杜夫人闻俊卿，就去和景小姐面谈。此处的情节，特别有意思。

老姥看这杜夫人格外面熟，又一时想不出，一路相看，只管迟疑，而闻蜚娥故意不说，等到见了景小姐，才笑着问："认得闻舍人否？"听闻小姐说明实情后，景小姐却是半晌作声不得。她千挑万选，好容易看上个闻俊卿，没想到居然是个女人。而且这女人居然又来给自己说媒，谁知道说个什么样的，不是自己挑的，当然不能随便答应。经过闻小姐温言款语的介绍或者说成功的推销，景小姐及其外公也同意了和魏撰之的婚事。此时再看当初闻俊卿用来给景小姐下定的羊脂玉闹妆，原本就是魏撰之的东西，如今景小姐的姻缘仍属魏撰之，也是天意。

两对新人，各有所属，所谓"环为旧物，箭亦归宗。两俱错认，各不落空"。读者们也彻底放心了。

这两个女子都比祝英台幸运多了。她们能够获得美满姻缘，除了自身的聪明才智外，还必须表扬一下围绕在她们周围的绿叶们。

闻俊卿的父亲是第一开明之人，武将读书少，原本就没有那么多条条框框。倘若他是个榆木脑袋，估计闻俊卿也只能像祝英台那样，读个书而已，绝对不会出入应对，锻炼得一身好本领、一副好头脑。闻俊卿完全是男儿待遇，天天和男同学相处，老爹从不以为过分。在这样的老爹的纵容之下，闻俊卿才可能产生自行择婿的念头。后来，她一旦和杜子中挑明真相，坦诚相见，也没有什么父母之命、贞操观念的约束，唯一令她踌躇的只是不好答复魏撰之，等到这个阻碍也冰释，她就和杜子中欢赴云雨了。闻参将听说女儿已把身子给杜子中后，根本没有勃然大怒，训斥女儿不贞洁，反而喜欢道："这也是郎才女貌，配得不枉了。"

再说夫婿杜子中。他原本就喜欢闻俊卿，爱其才、爱其貌，更爱双方性情脾气的相投。一旦成了夫妻，杜子中的美梦成真，高兴得难以言表，绝对没有因为她女子扮男，在外抛头露面就觉得有失体统。比如文中写道，他们一同回故乡，杜子中坐官轿，俊卿男装骑马，路遇强盗打劫，俊卿吩咐官轿先走，自己断后，然后一箭就把贼人射落在地。"一路的人多称赞小舍人好箭，个个忌惮。子中轿里得意，自不必说。"这句"轿里得意"特别传神，写出了一个丈夫的自豪心理，拥有文武双全的美娇妻，简直是拥有天下至宝，他一丝一毫男尊女卑的意识都没有，妻子的成就就是他的成就。

与容光焕发的闻俊卿相比，景小姐的个性魅力也很突出。虽然没有武功，但她的才情、容貌都可以和闻俊卿相匹敌。作为深闺弱女，她居然也能够完全凭着个人眼光来择婿。父母之命、媒妁之言，都抵不过两情相悦。娇宠她、纵容她的老外公和闻参将一样可敬。

这篇小说，就是专为赞扬世间少有的女子而写，并且赞扬了识才女、爱才女的男人们。

《警世通言·宿香亭张浩遇莺莺》（据明天启金陵兼善堂刊本《警世通言》插图）

侠女复仇记

——李公佐巧解梦中言　谢小娥智擒船上盗

人如果长期被负面情绪占据，很容易心理扭曲，渐渐变得阴冷起来。古龙小说《边城浪子》中的傅红雪，就是这样一个典型。傅红雪从出生以后，被教导的唯一使命就是复仇。仇恨成为他的全部情绪，他不会笑，不知道温暖，拒绝爱，唯有刀是他的伙伴。谢小娥的生命，也只有一个主题——复仇，但是，她的经历却充满了生活智慧，体现出隐忍当中的力量和温暖。

故事原型是唐代李公佐的传奇《谢小娥传》，凌濛初的改写版与原作的基本情节完全一致，但是，增加了较多人物以及详细行动描写，尤其是增加了对人物的心理描写，使这个复仇故事更加曲折感人。

谢小娥是唐代元和年间豫章郡（今江西南昌）人，她自小丧母，由父亲谢翁一手带大，八岁时就许婚段居贞。谢翁和段居贞均是江上商旅当中的豪杰，素有侠义之名，也有雄厚的家资。缔结婚约之后，虽然没有正式结婚，段居贞就与谢小娥父女合家而居，同舟载货。谢小娥是在父亲和丈夫的共同照拂之下长大成人的，自然也养成了豪侠气质。

谢家商船树大招风，被江洋大盗盯上，结果在鄱阳湖口遭到劫掠，满船人死于非命，谢翁和段居贞均被杀害，唯有谢小娥趁乱落水逃脱。此时，谢小娥年方十四岁，成婚还不足一个月，就遭此大祸。

她被渔人夫妻救起之后，不好总是搅扰清贫的渔人，就一路沿江乞食，到了建业（今江苏南京），暂时寄身在尼僧所居的妙果寺内。美满温暖的家庭顷刻破碎，至爱的亲人全部被杀，所有的幸福消失殆尽，只余孤独一身，对于这仅仅十四岁的女子，日日夜夜煎熬着她的是什么样的心情？悲伤、仇恨、痛苦、迷惘……没有一丝亮色。

也许是报仇心切，她梦到父亲告知杀人凶手是"车中猴，门东草"，几天后，又梦到丈夫告知凶手为"禾中走，一日夫"。为什么不直接说出名字，偏偏要猜谜呢？这就是天机不可轻易泄露吧，而解谜的过程，正好表现了谢小娥的坚贞。

她到处求助，直到元和八年，在瓦官寺高僧齐公的帮助下，请李公佐解开了谜题，杀害谢翁的"车中猴，门东草"是申兰（蘭），杀害段居贞的"禾中走，一日夫"是申春。人死后有灵，托梦告知凶手姓名，其实很难判断真伪。我们也不必去追究是否迷信，只看谢小娥一介女流，忍辱埋名，如何为父亲、丈夫报仇，便足以令人热血沸腾了。

元和初年，谢小娥父夫遭遇惨祸；元和八年，方得李公佐解谜，此时的谢小娥已经二十岁左右，更加成熟。寄居佛寺这些年，谢小娥唯有复仇一念，如今确知姓名，她必然寻访凶手。正像齐公所说："此妇坚忍之性，数年以来，老僧颇识之，彼是不肯作浪语的。"

唐代女子，与其他朝代相比，更加外向，也较少拘束，比如，绝对没有明清时代的裹脚之风。女人骑马、打猎，都是比较常见的现象，女子着男装也很时尚。小娥改名谢保，打扮成男子模样，这不是为了时尚，而是为了行动方便。她准备了利刀一把，然后，每天都藏在衣襟之下，开始了复仇之旅。

当初是在水上遇贼，那贼必定是在水上谋生，于是小娥也不离开水路，每天在码头上给人当佣工，船到哪儿，就寻访到哪儿。一晃又是一年多，最终在浔阳郡正巧遇到申兰家雇人，化名谢保的小娥长期做佣工，口碑很好，就被申兰雇用了。

小娥见到申兰，并没有仇人相见分外眼红，而是想着先“哄得他喜欢亲近，方好探其真确，乘机取事”。小娥非常能干，又态度勤谨，不挑不拣，这样的人，到哪儿都是受欢迎的。她在申家随叫随到，绝不拂逆主人任何意旨，深得申兰信任，成了他的心腹。她对申兰的妻子蔺氏同样驯顺，获得申家上上下下的喜爱。她又时时买酒肉，去结交左邻右舍，把他们笼络成自己的朋友。

申兰“没一句说话不与谢保商量，没一件事体不叫谢保营干，没一件东西不托谢保收拾……金帛财宝之类，尽在小娥手中出入”。小娥也借机看到了自己家的旧物，以此验证了父亲托梦之准，确定眼前这申兰就是杀害父亲的凶手申兰。

申兰跑不掉了，还有申春。即便有杀申兰的机会，小娥也隐忍不发，只等着申春露面。如此又过了两年多，申兰的堂弟申春率领团伙终于登门了。小娥为众贼人书写姓名，敬奉神道，又把名单暗暗抄录了一份藏起来。

众人吃酒取乐，然后各自散去，只有申春留下过夜。小娥又巧妙劝酒，直把两人灌得大醉。申家女眷也喝酒醉倒。

这才是等待了十年之久的报仇机会，两个仇人终于都在网中了，机不可失。她深知申兰的底细，但是不知道申春的体力虚实，不敢轻惹。于是，胆大心细的她先把申春的房门紧锁，再一刀砍掉申兰的头。这把砍头的刀就是从衣襟下拔出的，看来，整整十年，她都是刀不离身。她听到申春还有动静，就走出门外，叫四邻一起捉贼。因为她两年来的倾心结交，左邻右舍都相信她的陈述，再加上申兰、申春一贯的行径也令人反感，故邻居们都乐意帮忙，一起捉拿了申春和蔺氏。

公堂之上，女扮男装的谢小娥终于申诉了冤情。小娥能够获得最后的胜利，完全是高超情商的胜利。她干活认真仔细，为人谨言慎行，又善于揣摩别人的意图，几乎获得了所有人的好感和认同，包括恶贯满盈的强盗。她十年易装，没有一丝破绽；她倾心结交，不让人有半点疑心；在管理财物的时候，她有心点检登记，所有的赃物都登有簿籍，分毫不爽；她暗自抄录强盗同党名单，以便一网打尽；在众人协助捉贼的忙乱时候，她还不忘把相关证物都上锁收好。这个复仇的过程，是小娥顽强坚持，步步为营，最终才有水到渠成的结果。也可见民间复仇之路格外艰辛，倘若没有小娥的矢志不渝，贼人还是会逍遥法外，亲人死了还是白死。这种情况，是指望不上官府的。

元和八年知道凶手姓名，元和十二年大仇得报。此时的谢小娥也不过二十四岁左右。她的事迹传扬开来，故乡之人无不惊叹，争相求聘。可是，她换成僧人打扮，飘然离乡，从此遁入空门。

为什么亲人遭到不测时，连最软弱的人都能想到复仇？因为亲人是世界上最切己的人，伤害他们，就是对自己最直接的伤害。以全部生命去复仇的小娥，不是一个简单的复仇工具，而是出于对亲人深挚的爱和责任，甘愿奉献青春和生命。个体的人，活在世上的意义，很大部分就是为了自己的亲人，给予他们爱，同时享受他们的爱，然后才能谈到对其他人以及对整个社会的价值和意义。

书画续前缘

——顾阿秀喜舍檀那物　崔俊臣巧会芙蓉屏

手无寸铁的女人，不仅要保护自己，还要为家人复仇，所依赖的唯有头脑，既要有严谨的谋划，还要借助周围的力量，智商、情商缺一不可，这是做事成功的保证，复仇这等大事更需如此。崔俊臣之妻王氏和谢小娥经历相似。谢小娥直接动手，事事亲为，最终为亲人报了血海深仇。而王氏相对文弱，走了一条更加曲折的复仇路。

王氏和夫君崔俊臣，是元朝至正年间的真州人，他们少年夫妻，才子佳人，恩爱异常。崔俊臣“自幼聪明，写字作画，工绝一时”，王氏“少年美貌，读书识字，写染皆通。夫妻两个真是才子佳人，一双两好，无不厮称，恩爱异常”。这样的夫妻属于天生一对，绝对不会轻易相舍。

崔俊臣步入仕途，授浙江永嘉县尉，于是偕妻上任，从真州雇了大船，走水路前行。旅途中，夫妻俩无意间显露出金银器皿，船家看到就起了图财害命的歹意。崔俊臣被丢入水中，其余家童婢女全部被杀，只留下王氏一人，船家要她做儿媳妇，只等着撑船去杭州的儿子回来就完婚。

突然遭此惨祸，年轻的王氏却能冷静以对，她假装答应，并且“凡是船家教他做些什么，他千依百顺，替他收拾零碎，料理事务，真象个掌家的媳妇伏侍公公一般，无不任在身上，是件停当”。船家就逐渐失去了警惕心，把她当成了自己人。这个过程，和谢小娥取得申兰信任是同一路数。

如此一月有余，时序到了八月十五中秋节，一船人欢度佳节，开怀畅饮，都喝得酩酊大醉，全部东倒西歪地睡熟了。唯一清醒的自然是身负杀夫仇恨的王氏。她肯定一直在寻找逃离机会，此时不走，更待何时。王氏趁着月色，偷偷上岸，在芦苇丛中一步一跌地往前奔走，直走到天亮，看见一座寺庙，方才住脚。毕竟有了人家，即便船家追来，她也可以呼救了。

但是，她没有贸然敲门，害怕碰到不正经的僧徒，这又体现出她的心思细密。直到看见寺内有女童出来，确定是尼庵后，她才求助。而在院主面前，因为不知道对方底细，她又有所保留，谎称自己是逃出来的县尉之妾，不敢回去。庵主就留她在此地出家了，法号慧圆。

她再次发挥性格优势和为人处世的智慧，很快赢得了庵主的敬重和信任，而且她宽和柔善，跟整个尼庵的人都合得来。尽管如此，她深知多一事不如少一事，自己年轻貌美，一旦被人看见给惦记上，肯定会惹出事端，所以她极其慎重，轻易不露面，外人很难见到她，如此一年有余。这些交代是非常重要的铺垫，其实是为了说明强盗顾阿秀几次到庙里来活动，吃斋啦、布施啦，她都不知道。直到院主把顾家布施的芙蓉画作裱到屏风上，她看到这幅丈夫的遗画后，才引发话题，并打听清楚杀夫仇人顾阿秀的准确姓名。

谢小娥知道了仇人的底细，立刻去买刀换装。而王氏知道了仇人姓名，却只是悲伤自己一介女流，又做了出家人，没有任何办法，只能在丈夫遗画上题词一首，寄托哀思。

如前文所述，崔俊臣擅长丹青，芙蓉画得出色。王氏题咏又好，字体也俊逸可观。字与画合成双美，成为一幅杰作，被前来庵中游玩的姑苏人郭庆春买走。郭庆春又把此画献给爱好书画的退休官员高纳麟。高纳麟收到此画的当天，又巧遇流落苏州卖字的崔俊臣。好像这幅画自行开始了寻人旅程，其实也与人的有意推动有关。

这幅芙蓉画是否应该卖出，庵主曾征求王氏的意见，王氏想到"此是丈夫遗迹，本不忍舍；却有我的题词在上，中含冤仇意思在里面，遇着有心人玩着词句，究问根由，未必不查出踪迹来"，于是同意卖出。事情果然朝着王氏的意愿发展，只是并非有心人赏玩词句，恰恰就是她自己的丈夫认出了她的笔迹，从而知道她还活着。

高纳麟听崔俊臣讲述了遭遇之后，就收留他在府上；又知道芙蓉图上的题咏出自尼姑慧圆，便派人去接慧圆。慧圆即王氏，"心中怀着复仇之意，正要到官府门中走走，寻出机会来"，于是立刻前往。她把全部身世真相都告诉了高夫人。夫妻两个，崔俊臣在高府做教书先生，王氏在内院，陪伴高夫人念经拜佛。大户人家，女眷深藏，内外院不相通。夫妻两人在同一家，却互不知情。

有意思的是，高公为什么不说破呢？让夫妻俩先团圆不好吗？究其原因，一方面是碍于王氏目前的僧尼身份；还有一方面，做好事的高公似乎很有原则，不轻信，不轻许，他得考察一下这两人是否值得他出力帮助。

既要他们夫妻团圆，眼下又故意不说破，所以高夫人劝王氏留头发时，就不得不扯出好几个理由。第一层意思，对于名门出身、仕宦之妻的女子来说，空门不是个好归宿，不如蓄发还俗。而王氏回答丈夫已死，只求歼灭强盗，还要什么归宿。夫人又说第二层意思，要认她为义女，相伴终生。王氏又婉言拒绝，丈夫已亡，根本没有心绪梳妆，何况老尼搭救之恩，也不能抛弃，既入空门，这头发就不好重新再留了。高夫人又说到第三层意思，即旧年曾有永嘉县尉告状，倘若崔生还活着，僧俗间隔，怎能团圆？王氏也开始相信丈夫或许还活着，为了夫妻重逢时不至于有障碍，她同意留头发，不过，她的条件是：万一寻访至最后，丈夫已死，她要重新削发为尼。

从这些描写，可以看出王氏坚贞的性格，以及对于丈夫的一往情深，还有对老尼的感恩之心，令人感佩。

又过了半年，高公过去的下属如今做了监察御史，受高公之托，一举擒获了顾阿秀等强盗，把崔家财物也搜查出来了，与崔俊臣所列的账单正相符，连县尉敕牒都在——强盗为什么不销毁这样重要的物证呢？难道要留着自己去做官吗？也许是过去的侦探少，强盗们做得安稳。就像崔俊臣此案，自己作为苦主去报案，就因为没钱打点，导致案件搁置，堂堂正正的国家官员不能上任，只能流落街头。如果不是巧遇爱才的高公，他可能就终生卖艺街头，妻子也成了异乡尼姑。强盗们却高枕无忧，继续打家劫舍，谋财害命。保护民众生命及财产安全，本是政府的责任，正经该官府出力的地方，官府却毫不作为。故崔生此案的解决还是依赖了私人关系。

强盗被缉拿归案，财物被追回，崔俊臣可以继续上任去做官，除了妻子，其他什么都有了。高公劝他另娶，他却一口拒绝，表现出了对妻子深厚的情意。于是，在离别宴席上，高公导演了一出夫妻重逢的好戏。

虽然高公是促成崔俊臣和王氏报仇雪恨、夫妻重逢的重要人物，但王氏对于夫君的忠贞和思念，促成书画合璧，才是情节发展的关键。

对于义夫节妇的考察结果已明，回头再看这个故意隐瞒的过程。倘若王氏一旦攀了高枝，就马上留发，或者再嫁，或者做官员义女，高公夫妇就因此讨厌她？倘若崔俊臣拿回财物和官牒，就一心想着上任和再娶，他们就因此讨厌他？这还真是有可能。

帮助别人总是有条件的，一是利益交换；一是帮那些值得帮的人，不图物质回报；还有一种，就是圣人所为了，帮一切需要帮的人，这不是平常人能做到的。

利益交换发展下去就是行贿受贿，不可行。唯有帮那些值得帮的人，是比较容易做到的。因为那些值得帮助的人，总有些品质令人敬重，比如坚贞、执着、义气等，帮助他们也许没有任何物质上的利益，但是在帮助他们的过程中收获极大的快乐，精神境界由此提升，却是千金不换的好处。

《喻世明言·众名姬春风吊柳七》（据明末衍庆堂刊本《喻世明言》插图）

好事多磨

——莽儿郎惊散新莺燕　㑳梅香认合玉蟾蜍

人生不如意事十之八九，无论如何都得找找乐，让日子过下去。喜剧片成为华语片票房冠军，就充分说明了大家爱笑想笑，真的假的有啥要紧，关键是可以暂时开怀一笑冲淡压力、忘却烦恼。

父母双亡的凤来仪，寄居在舅舅金员外家。舅舅对他非常好，专门给他租赁了一所园亭，作为读书场所。他改姓舅舅的金姓，入科场考中举人，然后，每天就在园子里读书消遣，等待会试。

这园子的隔壁也是别人家的花园，而且隔壁人家的高楼正俯视此园。

这一天，凤来仪在园子里散步，忽然看到隔壁楼上倚着一个女子，貌若天人。凤来仪立刻停驻顾盼，舍不得走了。而那个女子呢，“看见凤生青年美质，也似有眷顾之意，毫不躲闪”。两个人“四目相视，足有一个多时辰”，也就是说这两个人互相看，一个园外楼上，一个园里楼下，居然看了两个多小时！古人就是麻烦，男女双方即使看对了眼，碍于身份和体面，也不能直接问答。倘若有今天的各种电子设备，安装个微信啥的，摇一摇就搭上讪了。

那个女子在楼上，占据地理优势，她不用来回走动，只要装出若无其事地看风景的陶醉状就可以了。

凤来仪呢，老仰着头，估计脖子都酸了，他就来回打转，走来走去，装成欣赏菊花，“卖弄着许多风流态度”——这风流态度都要摆出什么姿势？摇摆着身子转悠，还是踱方步？需要道具吗？比如拿把折扇，挥来挥去，或者把那扇子忽地打开忽地合上？这都是古典级泡妞伎俩。他可能把自己会的都卖弄了出来，直到那美女喊丫鬟龙香关窗子，才告一段落。

谁说书中自有颜如玉，一旦看见颜如玉，就看不见书了。凤来仪第二天没心思学习，又散步到昨天那地方，抬头看楼上，等来等去，没看见小姐，倒碰见了进园来摘花的丫鬟。龙香性格直率，一五一十把小姐杨素梅的家底都倒了出来。

但是当凤生央求龙香引见自家小姐时，龙香却很有原则，坚决不理睬。两个人正在园里磨叽着说话，这时楼窗豁然大开，新妆过后的小姐蓦地亮相，正好和凤生打个照面。凤生觉得她更加美丽动人，那小姐杨素梅也“看上凤生在眼里了，呆呆偷觑，目不转睛”。

昨天两人对望纯属偶然，今天则是两人都有意。凤生特地来等候，小姐听到楼下的对话，就故意开窗，把刚刚梳妆打扮过的容颜亮出来，再给凤生瞧瞧。说她是故意的，绝对不冤枉她，昨天连关个窗户都叫龙香，今天自个儿就能呼啦一下开窗户了。

被小姐开窗观望的举动所鼓舞，凤生又使出了高级招数，开始吟诗：“几回空度可怜宵，谁道秦楼有玉箫。咫尺银河难越渡，宁教不瘦沈郎腰。”秦穆公的女儿弄玉及其夫婿萧史善吹箫，引来凤凰，夫妻双双跨凤成仙。这个典故是说夫妻和美。银河隔开了牛郎织女，比喻有情人不得相会。沈郎，则是南朝齐梁时期的沈约，他在致友人信中说自己仕途不顺，心情不好，腰围越来越瘦。后人就用“沈腰”来说明消瘦。凤生这首诗的大意就是夜夜孤单，何时才有佳人做伴？可惜可望而不可即，让人因思念而消瘦。

素梅也识文断字，一听就明白其中的情意，还是苦于不能直接对答。这时候龙香摘了花上楼，问小姐："你看见那园中狂生否？"素梅赶紧摇手，要她小声点，说："还在那厢摇摆，低声些，不要被他听见了。"这摇摆两个字生动极了，果然是凤生的风流姿态。通过龙香的转述，素梅也知道了凤生的底细。

两人彼此有心，三天两头就楼上楼下地眉来眼去，唯一欠缺的就是直接交谈了。丫头龙香也跟着来了劲，她又不傻，自己也喜欢这凤生，就怂恿着他们以书传情了。小姐谈恋爱，丫头为什么跟着起劲儿呢？《西厢记》里张生对红娘说："若共你多情小姐同鸳帐，怎舍得叠被铺床。"小姐的贴身丫鬟都是跟着小姐一辈子的，小姐嫁人，丫头也跟着，很多时候就是主仆共侍一夫，小姐做妻，丫头做妾。比如《红楼梦》里，平儿本来是王熙凤的体己丫头，随王熙凤嫁入贾家，又听从王熙凤的意旨，做了贾琏的妾。所以，如果小姐看中了一个人，丫头也喜欢，她替小姐忙活，其实也是在替自己将来的归宿忙活。虽然未必人人如此，但大体上是差不多的。

龙香这个丫头非常幽默，跟凤生的对答很有生活气息。

第一次见凤生，凤生提出要见小姐的非分要求时，她毫不客气地斥责，既说"官人好不知进退"，又说"惯是秀才家有这些老脸说话，不耐烦与你缠帐"。还对素梅说凤生是"老脸皮没廉耻的"。后来她看到素梅对凤生很有好感，又察觉凤生本来是个腼腆之人，自己也喜欢他，就有心要撮合了。

她怂恿凤生写情书，而拿着情书见素梅时，却又生了心计，害怕素梅不高兴，故意不说实话，反而说是凤生自己写的，手里这份是趁他不注意，偷偷拿出来的。素梅和龙香天天在一起，彼此知根知底，所以素梅一下子就把她戳穿了，其实一点儿也不怪她传递情书，没准儿还在心里感谢她这个好主意呢。

龙香对凤生更是几次三番戏弄。

她拿着素梅的回信，去见凤生时，故意撒谎，说素梅看到凤生的情词极其生气，连累自己挨打。凤生果然沉不住气，反而指责素梅“招风揽火”在先，等到看了回信，又欢喜顿足。凤生用舅父所送的白玉蟾蜍镇纸为信物，要求“但肯俯通一夕之欢，必当永矢百年之好”。

当凤生提出定个约会的日期时，龙香慨然曰：“为人为彻，快写来，我与你拿去，我自有道理。”简直是豪侠之风。她好像比素梅、凤生两人都看得更稳妥更长远。

龙香劝说素梅先和凤生当面谈一下，看看他的情意虚实。按照龙香的话，素梅现在是犹疑不定，既爱慕，又怀疑，最怕他只顾眼下风光，而后就抛弃一边。女子不能轻易许人，几乎一许就是终身，由不得她不慎重。而她能自主自专如此，也是因为父母双亡，只跟着兄嫂，管教上自然少一层。兄嫂也不如父母更尽心，否则，闺中少女居住的后园怎么能和别人家的园子相通呢？所以，素梅所考虑的就是及早为自己打算。

对待凤生，她的态度是：“贞女守节，侠女爱才。”“固不为投梭之拒，亦非效逾墙之徒。”她回信并附金戒指一枚做信物，要当面和凤生商谈，各自表白，以便确定自己的立场。从她的自我表态来看，她爱慕凤生，但是不肯随便就以身相许，想要一个长久的未来，她希望凤生给她这个承诺。

这篇文章对于青年男女的恋爱心理描述得极其细腻真切。在看中了对方，又书信传情一番之后，都想见面，素梅一心想的是认真谈谈终身大事，以“婚约”为主；而凤生一心想的却是当前情欲，以“性”为主。所以，二人一见面，凤生就忙不迭地扯衣裙，素梅却要求他先说得明白，赌咒不得变心。

凤生猴急，不管不顾，素梅又羞又怕，胆战心惊。正在情迷意乱的当口，眼看就要上演一出《西厢记》，忽然有人拍门，高声大嗓好不怕人，正在偷情的两个新手那份惊慌可想而知了。素梅吓得要走，凤生就是不放，又解衣服搂抱，又把房门顶住，活脱脱地显出了一副急色相。来人啪啪响地拍门，“素梅心下惊惶，一手把裙裤结好，一头把火吹息，魆魆地拣暗处站着，不敢喘气”，少女的慌张、心虚、羞惭呈现得极其生动。

凤生被突然赶到的好哥们儿窦家兄弟拉走，随手从外面扣上了门。素梅在里面，仍然又羞又怕，急着开门走掉，结果拉不开，使劲一拽，把两三个长指甲都弄断了，真是狼狈至极。她一个人困在这陌生的书房里，也不敢睡，直等到天快亮了，龙香来找她，方才脱身。

这场幽会的风波，来得突然，来得巧妙，好像在越燃越旺的火上兜头浇了一盆冷水。

火苗暂时浇灭了，相爱的火种却不会熄灭。

素梅回到闺房，惊魂未定，发狠说以后一定要“戒”，再不能做这样的事。龙香却故意说那个人没得手，想出毛病来，害个疯癫就坏了，今夜还得去一趟。素梅马上就说，要是再去，龙香必须在外面望风——她把自己刚刚说过要狠性子戒掉的话都忘了，难怪龙香立刻嘲笑她。

这就是堕入爱河、初尝滋味的着迷。

本以为一次幽会不成，还多的是机会，不料素梅被外婆冯氏接走，与金员外家订了婚约。她一心只想着凤生，希望有始有终，如果见不到，宁可临嫁前寻死。龙香这个丫头又表现出不一般的见识，劝说小姐安心等待勿烦恼，也不要被别人看破。

与此同时，凤生被舅父接走，上京城参加会试去了。他一举及第，中了三甲进士，还选了官。做官不足以让他欣喜，他想的是立刻回去议亲，跟姻缘比起来，中进士都不算喜事。正兴冲冲的当口，他蓦地听说舅舅已经给他定了冯家女儿为妻，大为嗔怪。

这舅父金员外对外甥也真是好，一心想让他双喜临门，赶着去冯家下聘礼，确定婚期。礼物当中有一个白玉蟾蜍。就是这个白玉蟾蜍，让龙香瞧出了端倪，发现它跟凤生赠予素梅的定情物白玉蟾蜍是一对儿。两个人琢磨这金家外甥可能就是凤来仪。又多亏了龙香，假说是媒婆的女儿，跟着媒婆去看新郎。

未来新郎的信息一步步向凤来仪切合。此时，距离真相只差一层纸，轻轻捅破就得了。龙香看见新郎果然是凤来仪时，高兴得“不觉手舞足蹈起来”。

好个龙香，在凤来仪面前，又留了一手，故意不说破，要看看凤来仪的真心。凤来仪眼泪汪汪，只求见小姐剖白心意，又把定情物金戒指随身佩戴，确实一片真心。他看到白玉蟾蜍成双，知道真相，不由得大笑，反过来又盘问龙香，小姐现在是何情境。

素梅的反应与凤来仪完全一样，也盘问龙香一通，听明白了有关凤来仪的各种小细节才肯放心。总归这情吧，不疑自己就疑对方，必须要双方都不疑了，才能全情投入、一往而深，谁不想要完整而坚定的爱呢？疑忌不已，患得患失，热爱也会变了味。经过龙香的穿针引线，两个人是彻底放心了。

这两个人的爱情，就是楼上楼下互相看了几次，写了两封情书，然后一夕相聚，搂抱了一会儿，就半路杀出程咬金，生生惊散了这场幽会——总共就这些亲密度，结果两个人都非对方不可，眼看着定了亲，毫无希望、毫无念想的情况下，除了殉情就没路可走了，忽然又发现婚约定的就是心上人！命运如此幽默，姻缘就是有缘，成就了这一出有小波折无大波澜的喜剧。

凤来仪“洞房花烛夜，金榜题名时”，真是个幸运儿。杨素梅更幸运，要是第一次约会就失身于凤来仪，谁知道凤来仪会不会始乱终弃？得不到的才是最好的，不容易得到的也是最好的，女孩子们还是记住这个道理比较好。

苦情偶像剧

—— 李将军错认舅　刘氏女诡从夫

人生初次钟情，最是美好。而“愿得一心人，白首不相离”，几乎是古往今来女人们的爱情理想。对相爱的人来说，最幸福的事莫过于相守；最痛苦的事，莫过于分离。痛苦之中尤其痛苦者，是再也不能相见的分离，最绝望的当然是生死之分离。

刘翠翠和金定的故事具有偶像剧的所有元素。男女主人公长相俊美，两小无猜，夫妻相得，情深意厚，突遭飞来横祸，导致两人阔别长达七年。这七年的时光里，男主人公矢志寻找，终于和妻子再次相见，却无法继续相爱，最终双双伤心而死。人物漂亮，命运悲惨，情节曲折，变成注水电视剧，得赚取多少眼泪啊。

刘翠翠和金定，同一年出生，都秉性聪明，五六岁后在学堂里一起读书，渐渐地互生情愫，心里暗暗许订终身。估计此时两人连十岁都不到，真是早熟。金定给翠翠写情诗，表达要长相厮守的愿望。翠翠依韵唱和，也盼望着早成眷属。翠翠年龄渐大，不适宜再抛头露面，就不再上学。

这份初恋，并没有就此夭亡，反而蓬勃地发展起来了。

翠翠和金定最终能够成亲，主要出自于翠翠的努力。她一心想着金定，只要听见有人来议亲，就不乐意，关了房门哭，连饭都不吃。心疼女儿的父母再三盘问，她才说出心事，一定要嫁给金定，否则宁可去死。刘家主动去提亲，又考虑到金家贫穷，怕女儿婚后不好过，就要求金定入赘。两家就这样欢天喜地结了亲，最满意的当然还是翠翠和金定。

可惜结婚还不到一年，翠翠就被草莽李将军打上门抢走了。

金生从淮南奔波至润州、平江、临安、绍兴、安丰、湖州，用了七年时间，终于寻找到妻子的下落。“算来金生东奔西走，脚下不知有万千里路跑过来。在路上也过了好两个年头，不能够见妻子一见，却是此心再不放懈。于路没了盘缠，只得乞丐度日；没有房钱，只得草眠露宿。真正心坚铁石，万死不辞。”

翠翠，就是金生全部的念想和希望。找到翠翠，是他的人生使命和基本信念。找到之后具体怎么样，他并没有多想，因为找到的希望已经渺茫，但他居然真的找到了翠翠。然而现今翠翠已经成为李将军最得宠的姬妾，被防范甚严。夫妻两个近在咫尺，却只能以兄妹身份相认，也不能说一句私房话。

金生依靠自己的才学，得到李将军的信任，就以舅兄的身份，留在了府内。因为内外有别，金生竟然没有和翠翠再见面的机会。他也疑惑妻子跟自己只有一年，跟这李将军倒有七八年了，不知道她的感情有没有变化。金生把一首情诗缝在布袍领子里，让奴婢送给翠翠拆洗，翠翠果然拆开衣服找到了诗，她也以诗作答：“肠虽已断情难断，生不相从死亦从。”表达了决绝的意愿。

如果翠翠劝金生另寻佳偶，他可能心灰意冷，就此别过，从此两不相干。但是，翠翠不会世故地劝说他放手，他也不会世故地想：你过得好，我就放心了。这两个人都是直率而单纯的，爱了就一往情深，矢志不渝。只有单纯的人，才有执着的感情。老于世故的人，是不可能如此苦情的。

金生见到翠翠的诗篇，只觉得绝望，既有今日，还不如没找到。没找到的时候，心里永远有希望，存在着各种可能；如今人是找到了，却彻底绝望了。他伤心郁闷涕泣，终致患了绝症。

夫妻两个第二次见面，就是死别。金生说："趁你在此，我死在你手里了，也得瞑目。"就枕在翠翠膝头，奄然而逝。——请自行想象这伤感无比的催泪场景吧。

翠翠经此打击，也精神恍惚，染病不起。她已经没有求生的意志，只求速死，故虽然李将军多方医救，她却不肯服药，弥留之际恳求将军将其尸骨葬在金生旁边，理由是"黄泉之下，兄妹也得相依，免做了他乡孤鬼"。幸好有这个理由，将军也没有违逆她的意思，于是两个苦命的人儿生不能相偕，死后倒是可以相依。

两人的鬼魂，又托故仆，给家乡的父母送书信。刘老因此前来，与女儿女婿相见，却不料只见到坟墓，又在寺院禅房，得以和翠翠、金生鬼魂相见，互诉款曲。

刘翠翠和金定的性格塑造都非常单薄，两个人的心思、做法，都与对方雷同，简直像一对双胞胎在谈恋爱。这样的人物，世界上有吗？仿佛他们来到这个世界上，就是为了寻找对方，短暂的一生，为情而生，为情而亡。这是世间罕有的纯爱，尤其难得的是男女均如此。

认真算起来，他们相守的时间，没有离别的时间长，而能超越这距离，最终以死相随。其中的爱情有多深，多执着？有没有一个合理的解释？少年时代难舍难分，尚可以说是初涉爱河，初尝滋味。而经过了丧乱别离、兵火不息的考验，已经深深知道这世间的一切丑恶与不如意，还能保持初恋时真挚的情感，的确不容易。

这样的人物，实在是太理想化了，只会出现在艺术作品中吧。

《二刻拍案惊奇·韩侍郎婢作夫人》（据明崇祯尚友堂刊本《二刻拍案惊奇》插图）

爱上狐狸精

——赠芝麻识破假形　撷草药巧谐真偶

“三言二拍”里面，有不少乐于作伐的鬼怪。

比如《警世通言》之《金明池吴清逢爱爱》中，卢爱爱死后成鬼，与吴清欢好一百二十日，宿缘圆满，送给吴清玉雪丹两粒，并指点他医治好褚爱爱的病，成就了他和褚爱爱的姻缘。

再如《初刻拍案惊奇》之《大姊魂游完宿愿　小姨病起续前缘》中，吴兴娘幼时许配崔兴哥，因崔家远在他乡，又遇事故，没有及时完婚，兴娘抑郁而亡。其死后之魂化身成妹子庆娘的模样，自荐枕席，与崔兴哥私奔，助成了妹妹与崔生的婚姻。

这都是情之缠绵，虽死不休。尽管不能再和情郎相伴，但是通过自己的亲手安排，给他续上新的美满姻缘，让他终生感念，的确是让他不忘旧情的高明方法。

鬼是人变的，故思想情感仍然属于人的；狐狸，作为异类，在行为处事方面，与人相比，却是有过之而无不及。

《赠芝麻识破假形　撷草药巧谐真偶》中说：“天地间之物，惟狐最灵，善能变幻，故名狐魅。……又性极好淫，其涎染着人，无不迷惑，故又名‘狐媚’。”

狐，从什么时候开始和妩媚女人联系在一起的呢？

据说商纣王的宠姬妲己就是九尾狐狸，明代人许仲琳《封神演义》中有绘声绘色的描写。唐代人骆宾王在《讨武曌檄》中公开指责武则天“掩袖工谗，狐媚偏能惑主”。唐传奇《任氏传》的主角任氏就是一个美艳多情的狐妖……

世间确实有一类女子，烟视媚行，魅力非凡，令人甘心沉沦于她们的石榴裙下。或由于他人嫉妒，或由于常人不理解，这类女子往往饱受非议和毁谤，被当作尤物、红颜祸水。对于她们来说，“狐媚”既是贬义词，也可以当成咬牙切齿的褒扬吧。

客商蒋生，虽然是个男人，却格外俊秀风流，等闲碰不到匹配的女子。他因为到处行商，偶然看到美貌的官宦小姐马云容，认为这个小姐和自己容貌相当，可以双宿双飞。那小姐对于他的俊俏也颇为留意。可惜蒋生一介外地行商，跟官宦之家门不当户不对，无法提亲，只有一个人朝思暮想。

居然让他心想事成了，某天深夜，马小姐主动来到他下榻的地方，款诉衷情，蒋生大喜过望。从此以后，马小姐夜夜都来和蒋生幽会，两人狂浪交欢。过了一段时间，蒋生身子就虚了，弄得面黄肌瘦，神情恍惚。

经商的同伴们看出了端倪，先后提醒蒋生。蒋生自己也逐渐觉得不妙，可是，当好友夏良策认为夜间的马小姐可能是狐妖时，他却不肯认同，可见迷恋之深。夏良策果然有良策，他用粗麻布包了一小袋芝麻，让蒋生送给夜来幽会的女子。

天亮之后，女子早已离去，刚刚醒来的蒋生发现床前有芝麻洒落——粗麻布袋装芝麻的用意就是如此。他一路追踪芝麻，来到了山中狐穴，一见大惊，彻底明白了跟自己迷狂缠绵的美女原来是个狐妖。

狐修道千年，专门与人配合雌雄来修炼内丹。它见蒋生钟情马小姐，就化身成女子，借取蒋生的元阳。如今被识破行藏，不能和蒋生继续交往，可是往来多了，居然对蒋生也产生了情意，就想报答他一番，其报答方式居然是帮助蒋生赢得真正的心上人马云容。狐妖拿出三束异草，一束恢复蒋生精神，一束让马小姐生癞疮，再一束给她治病，以此帮助蒋生娶得马小姐。这个办法很无赖，尤其是无辜的马小姐被白白算计了一通。好在她以前也看中了蒋生，是彼此留意，不是强扭的姻缘。

事态的发展一步步都如狐妖所言。这三个人，最终都得到了益处：狐仙，得以采元阳；蒋生，得以慰相思，又娶到真正的娇妻；马小姐，嫁得美郎君，婚姻和谐，也有个好归宿。

故事进程中的关键人物是蒋生的朋友夏良策。倘若没有夏良策赠芝麻的妙计，蒋生会不会死在狐狸的温柔乡里？答案是否定的。原因是这只狐狸的性格很好——它被识破真身时，根本没有恼羞成怒，反而含着几分羞怯，表现得温柔善良，并且知恩图报，助情人实现夙愿，所有这些行为都令人产生好感。由此看来，万一蒋生的身体真有什么不妙，它也会出手相救吧。

清代蒲松龄的《聊斋志异》里塑造的狐妖、狐仙不胜枚举，其中《封三娘》《红玉》等篇都描写了情深意切、助人姻缘、解人困厄的狐仙，堪称侠狐。那种毫不利己、专门利人的境界，又超越了此篇。也可以说，文人的狐之梦做得越来越完美了。

图书在版编目（CIP）数据

红尘有爱：三言二拍漫谈／吕玉华著．—郑州：海燕出版社，2013.12（2017.2重印）
（华夏文库）
ISBN 978-7-5350-5590-3

Ⅰ．①红… Ⅱ．①吕… Ⅲ．①话本小说－小说研究－中国－明代 Ⅳ．① I207.419

中国版本图书馆CIP数据核字(2013)第167306号

华夏文库 经典解读系列

红尘有爱

——三言二拍漫谈

吕玉华 著

出版发行：海燕出版社
（郑州市北林路16号 450008）
发行热线：0371-65734522
经　　销：全国新华书店
印　　刷：恒美印务（广州）有限公司
开　　本：635毫米×965毫米 1/16
印　　张：8.5印张
字　　数：65千字
版　　次：2013年12月第1版
印　　次：2017年2月第4次印刷
定　　价：15.00元